意見を出すタイプの伊織が、無言を貫く。
顔まで冷たい無表情。
いつもと違う雰囲気に、リズムが狂う。
どう対応すべきか戸惑ってしまう。
永瀬《ながせ》伊織《いおり》
2/16
JN282372

目次

ココロコネクト ミチランダム

庵田定夏

FB
Famitsu Bunko
ファミ通文庫

イラスト／白身魚

【やっぱり違う。これじゃない。もう上手《うま》くはやれない。

無理。限界。不可能。できない。

嘘《うそ》つき？

違う。

嘘なんてついてない。本当に本当についていない。絶対に絶対についていない。

でも理想と現実は、離れて、離れて。

——あの人を好きなのも、もしかしたらあの人を好きでいる自分が理想の姿だと思うから——。

もう、できません。

もう、上手くやれません。

普通にすらも、できません】

一章　八重樫太一による告白

確かに〈ふうせんかずら〉が現れたからとか、常軌《じょうき》を逸《いっ》した現象が起きているからとかは、理由になり得《う》るかもしれない。

でもそれを言い訳にするのは、ただの臆病者《おくびょうもの》で卑怯者《ひきょうもの》だ。

おまけに今回は皆で誓《ちか》いを立てている。

大きな問題は今度こそ起こさない。無傷で生還《せいかん》する。そしてできるならば——、全てに終止符《しゅうしふ》を打つ。

対抗策は、いつも通りに過ごし続けること。

一週間経過した現時点では、大ごとはまだ起こっていないはずだ。

皆に負けないよう自分だって、ここをいつもと変わらぬ現実として生きるのだ。

八重樫太一《やえがしたいち》は覚悟を決めた。

今日、自分の置かれた中途半端《ちゅうとはんぱ》な現状に、自らの力でケリをつける。

甘えっぱなしのへたれのままで、誰《だれ》がいてやるものか。

日付は二月一三日、バレンタインデーの一日前。

この日が、己で定めたギリギリのタイムリミットだった。

日本にある製菓業界《せいかぎょうかい》と小売業界《こうり》の努力によって生み出された、特殊な風習《ふうしゅう》。

今でこそ友達用に、自分用にとチョコレートを用意する場合もあるが、やはり男女間で最も重要な意味合いは一つ。

二月一四日、バレンタインデー、女性が自らの想いを込めたプレゼントを男性に渡す日——という意味だ。

自分は今、二人の女の子からアプローチを受けている。

このまま一四日まで結論を出さなければ、自分は二つの想いを受け取ることになるだろう。

けれど自分が想いを返せるのは一人だけ。

その事実を理解しているクセに、ダラダラと時間が流れるのをただ待ち続け、一四日を迎えるなど、男として許されることではない。

自分は、答えを出す必要がある。

だから太一は、心に決めた人を、放課後《ほうかご》の東校舎《ひがしこうしゃ》裏に呼び出したのだ。

他の文研部員《ぶんけんぶいん》に聞こえてしまったらどうしようと思っていたが、このままいけば杞憂《きゆう》に終わってくれそうである。……というかどうか杞憂に終わって下さい。

そして、今、

心に決めたその人が、八重樫太一の目の前に立っている。

「こんな時に……って感じだけど。そんなこと関係なしに……、言わなくちゃいけない……いや、俺が伝えたいと思ったから」

太一が話すと、その人は「うん」と小さく頷《うなず》いた。

心臓《しんぞう》の鼓動《こどう》がバカみたいに高鳴る。

足が震える。

唇《くちびる》の端が痺《しび》れる。

胸がぎゅーっとなって、なにかを口から戻してしまいそうになる。

はっ、と息を吐《は》いた。

気分は人生最大の大一番に向かうよう。

目線を真っ直ぐ正面にやる。

逃げるな、戦え。

勝負しろ。

そして太一は、言う。

かつて口にしたセリフをもう一度。

——永瀬《ながせ》伊織《いおり》に向かって。

「俺は……、やっぱりお前のことが好きだ。だから俺と……付き合って欲しい」

言った。

言った。

言ってしまった。

あの時とはまた別の重みを背負った、その言葉を、投げ放《はな》ってしまった。

自分は進んだ。

一世一代《いっせいちだい》の勝負に出た。

投げ放ったボールがどう処理されるか、後は待つことしかできない。

太一のセリフを聞いた永瀬は、表情を隠すようにさっと顔を伏《ふ》せた。

それからくるりと後ろを振り返って、太一に背を向ける。

自分の想いを受け取ってくれたのだろうか。それを噛《か》み締《し》めてくれているのだろうか。

ここまで長かった、と太一は感慨《かんがい》に浸《ひた》る。一度告白してから、もう随分《ずいぶん》と時間が経ってしまった。もっと早く辿《たど》り着くべきだったのに。自分はどれだけ待たせてしまったのか。自分の情けなさを思えば、この緊張感から早く脱したい、早く答えてくれ、なんて口が裂けても言えない。

押し黙《だま》って、太一は佇《たたず》む永瀬を見つめる。

プロポーションの取れた後ろ姿が美しい。
頭からぴょこんと生える括《くく》られた後ろ髪が可愛《かわい》らしい。
喜んだ顔。怒った顔。悲しそうな顔。楽しそうな顔。
永瀬の見せる、他の人よりも多様な表情はいつまで眺《なが》めていても飽きない。
でも、自分が好きなのは、なによりもその太陽のような笑顔で――。
「――ごめん」
ぽつりと永瀬がなにかを口にした。
しかし太一には上手《うま》く聞き取れなかった。「え？」と聞き返す。
「……本当に、ごめん」
……ごめん？
ごめんとは、どういう、ことなのか。
「……わたしは、太一とは…………付き合えません」
信じられなかった。
信じたくなかった。
だって、唐突《とうとつ》な告白ではないのだ。
想いを伝え合ったことすらあった。
永瀬は自分……八重樫太一のことを、好きだと思ってくれていたのではないのか。
「やっぱりなんか……違うと思うんだ。だから……、だからわたしが……『太一を好きだ』って言ってたことも……なしの方向で」
とどめの一撃を、突き刺される。
誤魔化《ごまか》しようがない、逃げ道がない。それがわかっていても、太一は痛みを感じない。
思いも寄らぬ事態に脳内信号が麻痺《まひ》している。
「じゃ……、もう行くね」
言い置いて、永瀬が早足で歩き出す。
待ってくれ。
なぜ。
どうして。
頭の中で言葉が駆《か》け巡《めぐ》っても、口はなかなか動いてくれなかった。
「……な、な……なんでなんだよ永瀬⁉」
やっとのことで喉《のど》から声を出す。
惨《みじ》めったらしいセリフだろうか。でも尋《たず》ねずにはいられない。
永瀬が足を止める。
震える声を絞《しぼ》り出す。
「……わたしは……、わたしは……」
けれどそれ以上先を、永瀬が口にすることはなかった。
永瀬が口にするその前に、

【違う。わたしは太一が思っているようなわたしじゃない】

そんな永瀬の心の声が、比喩《ひゆ》ではなくはっきりと太一の脳裏に響いた。

同時に、ドロドロと冷たくたぎるような、訳がわからなくて不気味な、かつ自分のものではない感情が太一を貫く。

「……あ」と永瀬が声を漏《も》らす。

己の心が知られたことを、永瀬も悟ったようだ。

次の瞬間、永瀬は走り出した。

一秒でもここにいたくない。そう言いたげなもの凄《すご》いスピードだった。

置き去りにされた子犬のように、太一はぽつねんと立ち尽くす。

少し強い北風が吹いて、それだけで、太一の体がぐらりと揺れる。

「嘘《うそ》だろ……どういうことだよ……」

未だに状況が飲み込めない。

なにか永瀬に嫌われるような真似《まね》をしただろうか。意識したつもりもなかったが、自分は選ぶ立場にあるからと驕《おご》りが出て呆《あき》れられてしまったのだろうか。

「……こんなはずじゃ……」

呆然《ぼうぜん》としたまま太一は呟《つぶや》く。

わからない。

なにもわからない。

しかしいくら理解を拒否しようと試《こころ》みても、突きつけられた答えはあまりにも明白で、太一は抗《あらが》えない事実を認めるしかなかった。

「………………フられてしまった」

……ということは、つまり——、

——八重樫太一の恋物語、完。

□■□■□

翌日のバレンタインデー、日本中の男子高校生が妙にそわそわとする日。

どんなに「今日？　ただの二月一四日だろ？　なんかあんの？」と全く気にしていないフリをしている男子だって、絶対に胸の内じゃ女の子の動向を気にしているものだ。

案の定私立山星高校《しりつやまぼしこうこう》も、いつもよりテンションの高い野郎共で埋め尽くされていた。

同じく女子の間にも、ふわふわ浮ついた雰囲気《ふんいき》が漂《ただよ》っている。

そんな学校全体がわくわくとかドキドキとかもやもやとかに包まれ気分を高揚《こうよう》させて

いる中、八重樫太一は人より何倍も重い足取りで校舎の中を歩いていた。

廊下《ろうか》で浮かれている男女を見ていると、ほんの一瞬イラッときて、その後一気に虚《むな》しくなる。

「はぁ……」と太一は、昨日から通算何度目か知れない溜息《ためいき》を吐《つ》いた。

昨日の放課後までは、まさかこんな風に今日を迎えるなんて思ってもみなかった。

もっと素晴らしい一日が待っていると信じていた……のに。

廊下を歩く太一を一瞥《いちべつ》し、見知らぬ生徒が怪訝《けげん》そうに顔をしかめる。

……わかっている。自分が今どれだけどんよりと暗い曇天《どんてん》のような顔をしているか、自分にもわかっている。

わかってはいたが、明るくなれるはずもない。

昨日も随分《ずいぶん》と己の落ち込んだ心を垂れ流してしまった。

やはり、現象が起こっている最中に告白したのが不味《まず》かったか。以前、それはやめておこうと忠告されていた訳だし。しかし前とは状況が変わっているのだ。第一あの様子からしてそんなこととは無関係に……こういう風に思考《しこう》をやめないから、垂れ流される。

言葉に出していない思いを知られてしまうこと。

そして逆に、知ってしまうこと。

それらにより生み出されるトラブルは——でも。

なにも起こさないんだ。大丈夫なんだ。乗り切るんだ。全ての終わりを目指すんだ。

そう、自分達は誓っているはずだろう。

幸いにも、事件の本筋は知られずに済んでいる。大丈夫、今断ち切れば、なんとかして断ち切れば……。

結局これも、昨日から何回も繰り返している思考経路だ。

いつまで経っても頭は切り替わらない。

がらりと扉を開いて、自クラス一年三組の教室に入る。

「ウィッス、八重樫！　今日はバレンタインデーだから気合い入れて……」

友人の渡瀬伸吾《わたせしんご》が、朝の挨拶《あいさつ》から展開しようとした話を中途半端に止める。

「おい八重樫……どうしたんだよ？」

「……どうもしてねえよ」

「いや、『好きな子からこれ余ったから捨てといてくれない？　ってチョコの入ってそうな包み紙渡されて、おいおい、捨てといてくれないと言いながらチョコ渡すなんてどんなツンデレなんだよ……！　そんな子現実にいるのかよ……！　と喜び勇《いさ》んでいたら本当にチョコが入ってなくて、ただゴミを捨てといてくれと頼まれただけだという現実を突きつけられた』ような顔で言われても」

「……んな具体的な顔はしてねえよ」

妙なリアリティがあった。今のは渡瀬自身のエピソードなのだろうか。

「元気出せよ、そんな顔だったら貰《もら》えるチョコが減っちまうぞ？」

数なんて、正直な話どうでもよかった。

自分が今年欲しかったのは、あの子からの分だけだ。

でもその子から貰える公算《こうさん》は、——もう、全くのゼロだ。


気づけば最終時限になっていた。今日の授業はなに一つ覚えていない。ペンを握った記憶すらない。よく注意されなかったものだ。それとも、無意識の内にノートは取っていたのだろうか。

もうすぐ放課後だ、と太一は考える。

いつもは喜ばしいはずの授業終了のチャイムが、今の太一には地獄の鐘《かね》の音《ね》に思えてならない。差し詰め今は、死刑執行《しけいしっこう》を待つ罪人の気分……は流石《さすが》に、言い過ぎか。

死ぬ訳じゃない。でも死ぬほど辛《つら》かった。

太一は日中ずっと、喋《しゃべ》ることはおろか永瀬の顔も見れずにいた。

しかし放課後になれば、部活がある。

昨日はフられたショックのあまりそのまま帰宅してしまったが、今日も明日もと欠席し続ける訳にもいかない。

行かなくちゃ、な。

でもあの広くもない部室に行けば必然、永瀬伊織と顔を合わせることになる。

太一と、永瀬と。

フられた男と、フった女と。

気まずい。どう好意的に解釈《かいしゃく》しても気まずい。

おまけにそこには稲葉《いなば》もいるのだ。面と向かって言ってはいないけれど、自分は稲葉をフったのだ。

つまり、永瀬（フった人）、稲葉（フられた人）、太一（フってフられた人）が一堂《いちどう》に会《かい》することになるのだ。

想像を絶する気まずさだった。

おそらく永瀬もいたたまれないはずだ。心を痛めているはずだ。だから永瀬のために部室に行かないんだ。バカなことを、半《なか》ば本気で考える。

情けない。惨めだ。ゴミのようだ。ダメだ。自分に自信がなくなる。己がどんどん価値のない人間に思えてくる。

――しかもこの思考が、他人に知られてしまったら。

それこそ、穴を掘って隠れたいくらいに恥ずかしい。

恥ずかしい。恥ずかしい。恥ずかしくて消え失せてしまいたい。くそう、悪循環《あくじゅんかん》に陥《おちい》っている。今回こそはと誓ったはずだろう。『欲望解放』でも学んだはずだろ。考え過ぎるな。なにも起こさないんだ。みんなで乗り越えるんだ。絶対に、絶対に……。

「八重樫君……ちょっとついて来てくれるかしら？」

泥沼から抜け出せずに迎えた放課後、一年三組学級委員長、藤島麻衣子《ふじしまま い こ》に声をかけられた。

断る理由も気力もなかったので、太一は素直に頷く。

教室を出る際クラスから「藤島の狙いは八重樫なのか⁉」「恋愛《れんあい》マスターも自ら恋愛劇《げき》に参戦⁉」「ついにマスター自ら恋愛の妙技を披露《ひろう》する時が来るのね……！」「おい八重樫、お前の狙いは別の子のハズだろ！　あと俺の狙いもわかってるよな？　何度も言ってるものな？」などという声が聞こえてきた（最後のは藤島を狙っている渡瀬の発言）。

どこに連れて行かれるのかと思ったら、辿り着いたのは校舎の屋上《おくじょう》だった。

屋上は解放されておりベンチも置いてあるのだが、この冬の時期に、吹きさらしの冷たい風に打たれようとする者はいなかった。

というか、かなり寒い。

「おい藤島……コートも着ずに寒くないか？」

声をかけると、教室からずっと無言で歩き続けていた藤島が、太一に向き直る。

後ろを纏《まと》め上げおでこを出したスタイルの髪を少し撫《な》でつけてから、話し始める。

「八重樫君、なにか恋のお悩みがあるそうね？　ちなみに私の燃える心はこんな寒さへっちゃらだからご心配なく」

くいと持ち上げられたメガネが光る。

太一の心の声を本当に聞いた訳でもあるまいに、藤島は全てお見通しだった。流石は

愛の伝道師《でんどうし》（自称）。

「……あるといえばあるけど。藤島には関係ないだろ、首を突っ込まないでくれ」

藤島に当たっても仕方ないのに、きつい返し方をしてしまう。

「今日はバレンタインデーという一年でもトップクラスの恋愛イベントの日なの。みんなのウキウキに水を差すような暗い顔をして貰っちゃ困るのよ」

「悪いとは、思ってるよ」

友人に話しかけられても素っ気ない態度を取ってしまうし。

「永瀬さんとの件なの？」

「……ああ」

関係ないと突き返しても逃がしてくれなさそうなので、頷いた。半ばヤケクソだ。

「もしかしてだけど、フられちゃった、とか？」

その言葉が、ずんと太一の胸に響く。

「ああ」

絶対的な事実を自分に認めさせる意味でも、太一は首肯《しゅこう》した。

藤島は驚いたように目を見開く。

「嘘……本当に？　傍から見ていてだけど、上手くいってそうだったのに」

「……嘘じゃ、ねえよ」

「そう、なんだ」

沈痛《ちんつう》な面持《おもも》ちで藤島が目を伏せた。

ズキリと、太一の胸が痛む。

自分のために藤島が悲しむ必要ないだろと、言ってあげたくなる……と思っていたら藤島は再び顔を上げて――、

「大・逆・転・キ・タ・コ・レっっっっっ！」

――凄く興奮した様子で大空に向かって叫んだ。

一瞬、これは現実の出来事かと目を疑った。

人が失恋し傷心《しょうしん》しているのに堂々と喜べるなんて……いや、忘れていた！

藤島は永瀬を狙っているという疑惑があるではないか！　なんたるミス！

「……はっ！　ああ、ごめんなさい八重樫君、つい私の喜びを優先させちゃって」

「……言っとくが俺がフられただけで、別にお前が勝ったんじゃねえぞ」

「はいはい、負け犬の遠吠《とおぼ》えご苦労様。プププ」

「ぐおおおこの女ぁ……！」

なんだその人を哀《あわ》れみかつ小馬鹿にしたような顔は……！

「てゆーかぁ～、アレだけぇ～、出来上がった状態からぁ～、フられるとかぁ～、超ウケるんですけどぉ～」

「け、喧嘩《けんか》売ってんのかお前はぁぁああ！　ていうか藤島はいつからそんなに表情豊かになったんだ!?　またキャラ変わってないか!?」

「ふむ、ちょっとは元気出たみたいね。あまり使わない表情筋《ひょうじょうきん》を動かすと疲れるわね」

そう言った時には、藤島は既にデフォルトの涼しい顔に戻っていた。ついでに凝《こ》りをほぐすように自分の肩を叩く。

「なんだよ、それ……。まるで……」

まるで、太一を元気づけるために、無理して妙なキャラを演じてくれたみたいじゃないか。

なんなんだよ、藤島麻衣子。

「怪我の功名《こうみょう》とはこのことね！　マジウケる☆」

「ガチで喜んでガチでバカにしていただけなのかよっ！」

本当になんなんだよ、藤島麻衣子。

「とにかく元気出しなさいよ、八重樫君」

やっと本腰を入れて真面目《まじめ》なトーンで話すようだ。

「詳細は知らないけど、バレンタインデーの前に自分で決着をつけようという態度には好感が持てるわ。そんな感じなんでしょ？」

「……よくそこまでわかるな」

「私を誰だと思ってるの。みんなの恋愛神よ」

いつの間にか藤島は神に昇格していた。もう誰も追いつけない領域《りょういき》に達《たっ》しつつある。

「くよくよしたって仕方ないわよ。いい機会だし、稲葉さんと付き合ってみたら？」

「ぶっ⁉　なんでだよ⁉　だいたいお前は俺と稲葉のことを……」

いつの間にちゃっかり気づいてるんだよ！　最早畏怖の対象だぞ、恋愛神！

「稲葉さんが八重樫君を好きらしいことは知っているわ。あんな恋する乙女《おとめ》をされちゃったらねぇ。なんで他の人は気づかないのか不思議なくらいよ」

そう、なのだ。

それほど稲葉が思ってくれているから、尚更《なおさら》。

自分はもう、稲葉姫子《ひめこ》と付き合うことはできない。

どちらか選べと迫られていて、稲葉を選択しなかったのだ。

失敗したから、じゃあ付き合ってくれなどと、そんな最低な行為《こうい》、許されるものか。

「私はいいんじゃないかと思うけどね」

一瞬、心の声が藤島にも伝わってしまっているのかと思ってどきりとした。――もちろんそんな訳ないのだが。

「フられて、誰か他の人とすぐに付き合ったって別に、ね。フられたところを慰《なぐさ》めて貰って云々《うんぬん》って、結構ポピュラーな話よ。世間一般的にも、私の経験則的にも」

「でもそれは」

「アリ、よ。『愛』は移ろいゆくものなんだから。ちゃんと好き同士なら、そしてもっと言えば、今はそうじゃなくてもこれから好きになろうという意思があるなら、それは許容されるものよ」

「愛の伝道師……らしからぬ発言じゃないか？」

「そんなことないわよ。私は『愛』は自由でいいって主義だから。もちろん誠実であらなければならないとは思うけど、だからって堅っ苦しくなって身動きできなくなるのは、間違っている気がしない？」

私一個人の意見だけど、と最後に藤島は付け足す。

その時、だった。


【さて、どのタイミングでチョコを渡すか】


聞こえたのは、この場にいない稲葉姫子の声。

伝わったのは、温かなドキドキとした稲葉姫子の気持ち。

そういえば、と太一は大事なことに思い至る。

稲葉のものは受け取ることができないからと、昨日のうちに本人に伝えておくつもりだったのに、すっかり忘れていた。

いや忘れていたというより、シナリオが想定していたレールから一気に脱輪《だつりん》したのでどうすべきか決められなかったのだ。

「それに、何事も経験だと思うのよ。八重樫君だから私も素のトーン見せちゃうけど、実際のところ私達ただの高校生なんて、『恋愛』の『れ』の字もわかってない。だから色々挑戦して、失敗して、色々学べばいいのよ」

そう言って、藤島は少し笑う。

その瞬間の藤島は恋愛マスターでも、愛の伝道師でも、恋愛神でもなかった。

藤島も普通の女の子なんだな、と太一は思う。当たり前なのだが。

「まあ永瀬さんに諦めがついたと自分で納得できたら、稲葉さんとくっついちゃえば？」

「だからそんなのは……」

稲葉に、申し訳が立たない。

「そして八重樫君が稲葉さんとラブラブしてる間に私が永瀬さんを頂いちゃうねっ♡」

「結局そっちが主目的かよ！」

本当の狙いは相変わらず不明だ。

けれど藤島がとても大切ななにかを伝えようとしてくれたこと。それと太一の落ち込んだ気分がいくらか晴れたことは、確かな事実だった。

□■□■□

藤島のおかげで少しだけ心に余裕が出た。少なくとも、部室に行けるくらいは。

だいたい大きな問題は起こさないと誓ったのなら、早々とへこんでいる場合ではない。

無傷でいるのは、みんなだけじゃなく、自分も無傷でなければならない。

守るべき大切な教訓を胸に、なけなしの勇気を振り絞って、太一はなんとか部室に辿り着いた。

しかし、残酷《ざんこく》な神様は容赦《ようしゃ》を知らない。

こんな時に限って、非現実世界とは関係なしに、現実世界における大問題を寄越すのだから。


放課後の部室棟《ぶしっとう》四〇一号室。永瀬伊織と稲葉姫子の部長、副部長コンビが一年三組担任兼、文化研究部《ぶんかけんきゅうぶ》顧問《こもん》、後藤龍善《ごとうりゅうぜん》から受けた説明を他の部員三名に伝える。

「で、最後は『バレンタインでお前らも忙しいのに真面目な話持ってきて悪いな。……ん？　真面目でもないか。ただ顧問が代わるだけなんだしな。まあそういうことだからよろしく～』とか言ってたよ」

永瀬が後藤のセリフを再現してみせる。

太一はほとんど心を無にして言葉だけを追いかけていた。永瀬の声だ、などとは思わない。これは合成音声、これは合成音声……。

「なにが『よろしく～』だバカ野郎！　こっちには死活問題にもなりかねないんだぞ！」

吠えた稲葉姫子がどん、と机を叩く。

外見はクールビューティーに見える、漆塗《うるしぬ》りのような黒髪が特徴的な文研部副部長は、今日も今日とて怒りっぽい。

そんな稲葉に対して「まあまあ」と桐山唯《きりやまゆい》が話しかける。

「落ち着いてよ稲葉、あたし達にとっては大問題なんだって、ごっさんは知らないんだからさ……」

そこで一旦言葉を切って、己の栗色ロングヘアーを耳にかけ桐山は続ける。

「後……頭の中で恐いこと考え過ぎよ……。そこまで煮たり焼いたりしてやろうかって思わなくても……」

どうやら口にしなかった稲葉の心の内が、桐山には伝わってしまったらしい。

指摘された稲葉は、一瞬硬《かた》い表情でぐっと唇を結んで、それからややあってにっと桐山に笑いかけた。

「フン、当然だ」

稲葉の憎まれ口を聞いて、桐山も安心したように微笑《ほほえ》んだ。

心が読まれたって関係ない。それを見事に実践《じっせん》していた。

「でさぁ～、……どうすんの？」

長身の体を、軽くパーマのかかった自分の髪のようにくねくね揺らす青木義文《あおきよしふみ》が訊《き》く。

必死に言葉の音だけを追っていたので、二人の説明はバッチリ太一の頭に入っていた。

曰《いわ》く、後藤は来年度、学校内で役職が与えられそう。

曰く、その場合は学校内の規則上部活の顧問を一つしか持てなくなる。

ばならない。


曰く、そのため後藤は掛け持ちする文化研究部かジャズバンド部の顧問を辞めなければならない。

曰く、どっちを辞めるか自分では選べないので、年度末に開かれる部活発表会において点数の低い方の部活顧問を辞めるつもりである……らしい。

急に降って湧《わ》いた話の割には、なにやら重大な匂《にお》いがした。

稲葉が語り始める。

「正直後藤はなにもやっていない。だから顧問が代わるなら勝手にどうぞ、と言いたいところだが、あいつのおかげで適当にやってても許されているんだ」

部活動に力を入れる山星高校では、どんな部活でも認めて貰える代わりに、活動については『それなりの』実態を求めてくる。

権利には義務を、という訳だ。

「本当なら真面目にやれば終わりなんだが。……アタシらには〈ふうせんかずら〉とそのお仲間さんというやっかい者がつきまとっているからな」

〈ふうせんかずら〉の魔の手に搦《から》めとられて、もう半年ほどの時間が経つ。おまけにその手は緩《ゆる》むところを全く知らない。日常を侵食《しんしょく》してくる〈ふうせんかずら〉達の現象で、文研新聞が発行できなかったことも一度、二度、三度とある。

「いつまでやる気か知らんが、やめろと訴えてもつきまとってくるのが奴らだ。その状況下で、部室にすらほぼ来ない後藤が顧問であるメリットは……正直デカイ」

稲葉の言葉に桐山が溜息を吐く。

「真面目で毎回部室を見に来るような先生が顧問になったら困るものねー。……本当はいいことなんだけど」

自分も話さなくてはと、太一も口を開いた。

「部活発表会……噂《うわさ》には聞いてたけど、実際どんな感じなんだろうな」

「簡易な説明ならできるぞ」と稲葉が教えてくれる。

部活発表会は、学年末試験後、数日かけて行われる。

部の一年間の活動を報告する会なのだが、部費の配分に影響を与える採点も行われるので、実質パフォーマンス大会の側面も強いらしい。

採点者は教職員五名と、生徒会からも五名。

場所は視聴覚室《しちょうかくしつ》の舞台《ぶたい》を用いる。オープン性を保つため（と後なんとなく寂しいから）一般見学も可。

山星高校らしく発表内容は良識《りょうしき》の範囲《はんい》で自由。持ち時間は最大十五分とのこと。

「とりあえず発表会の実態を調べて、相手のジャズバンド部の実力も知って、自分達がジャズバンド部以上の点数を取れるような案を……あ。なら今からジャズバンド部に乗り込んでみるってどう？　一石二鳥を狙って！」

明るい声で、永瀬は提案する。

恐いくらいに、いつも通りだ。太一をフった事実など、忘れてしまっているみたいだ。

昨日の出来事など全く気にしていないのか。だとしたら悲しい。気にはしているけど外面に出してはいないのか。だとしたら感情の隠し方が上手過ぎる。

いいタイミングで現象が起こってくれたなら、自分は永瀬の心の内を知ることができるのに……。……最低の発想だった。

結局永瀬の提案通り、文研部はジャズバンド部見学へ出発した。


「つーかジャズバンド部が『顧問は後藤じゃなくてもいい』ってスタンスなら解決じゃないか？　交渉して譲《ゆず》って貰う手もある訳だし。ってなんだよこの『後藤争奪戦《そうだつせん》』……キモッ！」などと一人喋りする稲葉を先頭にして、太一達はジャズバンド部の練習場所である第二音楽室に辿り着く。

「あれ、八重樫君と稲葉さんと……それと永瀬さん」

部屋の前で声をかけてきたのは、太一と同じ一年三組の城山翔斗《しろやましようと》。今時希少種《きしようしゆ》なさわやか美形で物腰《ものごし》やわらか、『僕』という一人称が違和感《いわかん》なく受け入れられてしまう奴だ。からかい半分、クラス内でたまに『王子』と呼ばれている。

「ああ、城山ってジャズバンド部だったたっけ？」

太一が訊く。特別仲よくはないが、クラスメイトとして普通に話す間柄《あいだがら》だ。

「うん。八重樫君達って確か……文化研究部、だよね？　うちの部に用でもあるの？」

簡単に事情を説明すると、「う〜ん……」と城山は首を捻《ひね》った。

「どうしたんだ？」

「いや……、たぶん僕らも譲らないと思うよ。後藤先生には絶対顧問をやってて貰いたいから」

城山の言葉に「はぁ？」と稲葉が露骨《ろこつ》に嫌そうな顔をする。

「なんでだよ？　あの適当野郎に顧問やって欲しい理由なんてあるのかよ？」

「それはお互い様なんじゃないかな」と苦笑しつつ、城山は太一達を第二音楽室に招き入れてくれた。

と、室内ではちょうど一つのバンドが全体練習しているところで、その真ん中には、素人目《しろうとめ》にもわかるほどの超絶プレイでサックスを吹き鳴らす後藤龍善がいた。

「な……！」

太一など、思わず絶句してしまったほどだ。

それからも後藤の圧倒的なパフォーマンスが続き（よくわからないが他の部員を後藤が上手く導いているようでもあった）、演奏《えんそう》が終了。

すっかり聞き惚れていた太一は、本来の目的も忘れて拍手していた。稲葉以外の文研部三人も同様だ。

桐山が、青木が、永瀬が口々に言う。

「ごっさんすごーい！」

「マジ半端ねえ……！」

「ていうか他の部員さんのレベルも高くないっすか！」

永瀬のセリフに「いやぁ……、僕なんてそれほどでも、ははは」と城山が照れていた。

「お前は褒《ほ》められてないと思うぞ」と一応つっこんでおいてやる。

「ん、こんなとこでなにしてんだ？　文研部フルメンバーよ」

いつも通り、のほーんとした態度で後藤が訊いてくる。

「……お前が凄いという噂は知っていた。だが絶対に誤情報だと思っていたのに……」

稲葉はなぜか悔《くや》しそうにしていた。

「ちなみに後藤先生は、サックスのレベルまでじゃないけど、一通りの楽器は平均以上に演奏できるよ」

更に情報を城山が付け足す。

「ぬぐ……！　じゃあプロからの誘いがあったとかいうあり得《え》ないデマも……」

「ああー、んなこともあったかなー。昔の話だけど」

後藤は気取る様子もなくあっさりと答える。

それにしても稲葉はよく色んな噂を知っているものだ。流石は情報を集めるのが趣味。

「後藤……お前なんで物理教師《ぶつりきょうし》やってるんだよ？　教師になりたかったのなら音楽でもよかったじゃねえか」

「なんでって。そりゃお前、物理が好きだからだろ」

そう言った後藤は、ちょっと格好《かっこう》よかった。

□■□■□

部室に戻って、再び話し合いを始める。

「そりゃあ、ジャズバンド部もごっさんを手放したくないよねー」

永瀬が発言する。それに稲葉が応じる。

「こっちも譲れんぞ。現段階ではどうしても、だ」

駄目元で望んだ交渉はあえなく決裂《けつれつ》となった。稲葉が得意の情報戦術で妥協《だきょう》を引きだそうとしたが、ジャズバンド部の意思も固かった。

「となると、ガチンコ勝負ってワケっすか」

青木が言うと、桐山が溜息を吐いて呟いた。

「けどさ、部員さんの演奏レベルも高かった気がするんだよね。あそこに勝つってなると、こっちも結構凄いことしなきゃ……」

「部活発表会か……。本腰を入れて取り組まなきゃな」

太一の言葉に、稲葉が頷く。

「後藤があれだけ音楽に精通《せいつう》してるのに、それでも発表会の点数で決めるって言ってくれたことに感謝しなきゃならんな。本当にどっちでもいいと思ってるのか、フェアであろうとしているのか。まあ……、なにも考えてないんだろうな」

チッ、と舌打ちしてから再び口を開く。

「どうする？　とりあえず案を考えてみるか？　発表会はいくら自由と言っても、基本的にいつもの活動をベースにしなきゃならないらしい。だからアタシ達の場合だと、新聞記事をプレゼン形式で発表ってことになるのか……」

と、そこでばっと青木が立ち上がった。

「確かに、オレ達は強力なライバルと、絶対に負けられない戦いを強《し》いられている。それについて考えなければいけないがしかーし！」

拳《こぶし》を振り上げて、青木が熱のこもった演説を展開する。

「今日はそれ以上に大切なことがあるんじゃないのかね諸君《しょくん》っ！」

二月中旬、今日の日付は。

青木がぐるりと皆を見渡す。

誰もなにも言わない。

「……あれ？　みんな乗ってこないの？」

「あ、青木。えっと……」

桐山は言いにくそうに口をもごもごさせている。

「今はまた妙な状況になっちゃってるし、わざわざそういう話題を出さなくてもって思うんだけど……」

「だからこそさ！　変なタイミングでバレちゃうよりは先に言っちゃえってさ！　その方針《ほうしん》なんでしょ、稲葉っちゃん？」

「まあ……、な」

　歯切れ悪く稲葉が応答する。

「だいたい『誰にチョコあげた⁉』とか、『どれが義理でどれが本命⁉』とかの恋愛トークならまあ隠すことでもないっしょ？」

「……うん、よく考えてみればそうね。あたしも伊織と稲葉がどうしてるのか知りたいし～。二人とも聞いてもはぐらかすんだも～ん」

　楽しそうな笑顔で桐山が言う。その先にあるのは、明るい展開だと信じて疑わない顔だ。

　現象に左右されない、いつもの自分達で居続ける。そして大きな問題を起こさず、誰も傷つくことなく乗り切る。青木も桐山も正しい行動をしている。……けれど。

　危険じゃないのか。大丈夫か。いや、大丈夫なんだと……太一は信じる。

「ねえ稲葉。結構前になるけどさ、あたしにお菓子《かし》作りのアドバイス頼んできたじゃない？　あれってやっぱ『そういう』ことだよね～？　稲葉は義理でクラスの男の子にチョコ配ったりもしないと思うし～」

「それはだな、その……」

稲葉はまだ、桐山にも青木にも『そのこと』を伝えていない――。

【言えるかよ。このタイミングで。アタシが太一のことを本気で好きだなんて】


稲葉が心の中で『言えるかよ』と思ったこと。

それがはっきりと太一には聞こえてしまった。

原理《げんり》は想像もつかないが、太一達の心は今『ラ、ン、ダ、ム、で、筒、抜、け、状、態、に、な、っ、て、い、る』。心の声と感情が、勝手に他人に届けられるのだ。

嫌に脈《みゃく》打つ心臓を押さえながら、太一は皆の顔色を窺《うかが》う。

現象が起こったからと言って、心が全員に対して筒抜けになる訳ではない。読み取る側のメンバーは一人～四人とこちらもランダムなのだ。今回の場合、稲葉の心を受け取ったのは、まず一人目が太一。

そして自分以外には、誰と誰に伝わったのか。運よく自分だけなのか――。

表情を一瞥しただけでわかった。

桐山にも、青木にも、届いている。

そしてその想いが口先だけではないことも、一緒に伝導《でんどう》された『稲葉の感情』によって伝わってしまっている。

唯一、永瀬だけは事態を把握《はあく》していない様子だった。

「え？　なに？　もしかして誰かの心が見えちゃった系？」

能天気に尋ねかけている。

「ああ、えーと、そうなんだ、おお……」

青木が戸惑いの表情を浮かべる横で、桐山が囁《ささや》き声を漏らす。

「やっぱり……なんだ……」

桐山は薄々勘《かん》づいていたらしい。

「……そうかなって思う時はあったんだよ。でも太一と伊織のこと応援してるみたいで……。ていうか『二人のことくっつけちゃおうと思ってる』って昔相談されたことあったから、稲葉は違うんだなってずっと思い込んでて、だから……あ」

余計なことを口にしていると感じたのか、桐山は口をつぐむ。

その間隙《かんげき》を突いて、しばらく固まっていた稲葉が慌てて言った。

「きっ、気にするなとりあえずっ。その件については話がついてるから。いつか説明しなきゃって思ってたんだが、タイミングがわからなくて……」

稲葉は酷《ひど》くうろたえていた。

「だから……でも……それで……あの……〰〰〰〰っ！」

稲葉は自分で自分の太ももの辺りを一度、二度と殴りつける。

その後真っ直ぐ前を向いて、ハッと息を吐くように笑った。

「そうだ……そういうことなんだよ。アタシと伊織で太一を奪い合っている、そんな面白状況なんだよ、笑えるだろ?」

ぽかんとする桐山と青木の二人に、稲葉ははっきりと宣言してしまう。

「でもさっきも言ったけど、それでごちゃごちゃ面倒なことになる心配はねえよ。なあ伊織、太一」

急に振られて太一は焦《あせ》る。同じく永瀬もなにも言えないでいる。だが、なにか返事をしなくては。

「……ああ、大丈夫だ。……って俺が言うのも変な話だけど」

太一は答える。

でも本当に、なにかを気にする必要性は、もうないのかもしれない。

だって既に、その物語は終わっているのだ。

だって——


【俺は昨日永瀬に告白した。そしてフられた。完璧に、フられた】


太一の心臓が跳ねる。

聞かれてしまったと、わかった。

そしてそれが誰に聞かれてしまったのかということも、自然に認識できた。

稲葉と、桐山と、青木と、永瀬と。

つまりは、全員にだ。

太一の心も余すことなく感じられてしまったことだろう。

「え……、と。え、ええ⁉」

「な、な、な！」

青木と桐山はまともに喋れない。

その時、震える声が太一の耳朶《じだ》を打つ。

「なんだよそれ……」

稲葉の、声だ。

「……アタシが後から出てきた邪魔者《じゃまもの》なのは理解している。……本当はこんなことを言う権利ないってのもわかっている。でもお前だって……今日アタシがチョコを用意しているの知ってただろ……？　アタシの心の声を聞いたんだから」

稲葉は泣きそうに顔を歪《ゆが》めている。

「なんなんだよ……。アタシの気持ちはどうなるんだよ……」

「……あ、いや、それは……」

顔を伏せ、稲葉の視線から太一は逃げる。逃げてはならない場面だと知っていても、見ていられなかった。

自分がした仕打ちのせいで、稲葉はとても傷ついている。それが、耐えられない。

逃げたい。その一心で、太一は発するべきではない言葉を口にしてしまう。

「……ゴメン」

その言葉は稲葉をより傷つけると、わかっているのに。

「……ゴメン……って」

顔を見ずとも、稲葉の愕然《がくぜん》とした表情が、頭に浮かぶ。

事実上、それが稲葉をフったセリフになってしまう。

こんな風に伝えるつもりじゃなかったのに。

でもそうなったのも、自分の責任だ。

ドン、と稲葉が机を叩いた。

震動《しんどう》と共に、稲葉の苛立ちも伝わってくる。

「つーかなんでだよ伊織!? フったってどういうことだよっ!?」

落ち着いた状態で知っていたなら、稲葉はこんなキレ方しなかったはずだ。永瀬に当たらせてしまったのも、太一の責任だろう。最悪だ。

困惑した表情の永瀬が、稲葉に向かって両手を振る。

「……いや、フったってのは事実だけど……。と、とりあえず落ち着いて——」


【関係ないじゃん。なんでわたしにキレるの?】

口から紡《つむ》がれていた言葉とは全く別の永瀬の声が、太一の頭に響いた。

冷え切った、でも熱さをも孕《はら》んだ永瀬の感情も、伝導される。

心がかき乱される。

冷え切っているのは、稲葉を冷めた視点で見つめているからで、熱さを孕んでいるのは、怒っているためだろうか。

「……あ」と声を漏らし、稲葉が怯《おび》えたように体を縮める。

太一だけでなく、稲葉にも伝わっていたようだ。

「ちっ、違うよ稲葉ん！　稲葉んを責《せ》めるつもりは――」

【落ち込むなよ。自分でキレておいて。勝手だ】

再び現象が起こって、永瀬の心の言葉と思いが伝わってくる。

正論だとしても、もし稲葉にも届いていればあまりにも、残酷《ざんこく》過ぎる。

しかしなぜ固まって何度も現象が発生するのか。この現象はそういう性質があるのか。

そしてなにより永瀬が、

【イメージと違い過ぎる】

太一の心の声が、心に持つ感情が、永瀬伊織に届いてしまった。それが太一にはわかった。

そして続けざま太一の頭の中に、耳から聞こえてきた訳ではない不思議な声が響く。

【伊織ちゃんってこういうキャラだっけ？】

【伊織、恐い】

桐山が、青木が発信させられてしまった心の声だ。

偶然にも太一には、桐山の分も青木の分も聞こえた。これは永瀬にも届いたのか。あるいは、太一には伝わってこなかった分の、誰かの心の声が——。

「ちっ、違うんだ伊織！」

そう叫んだのは、稲葉だ。

なぜ稲葉が永瀬にそう言うのか。展開がおかしく見える。

でもたぶん、いや間違いなく。稲葉と永瀬間で現象が起こったのだろう。

稲葉が永瀬に伝えてしまったのは、どんな声で、どんな思いであったのか。

知るべきではないことを知ってしまう。伝えるべきではないことを相手に悟《さと》られる。自分の意志で強弱やニュアンスを変更できないから、剝《む》き出しの感情は無慈悲《むじひ》に相手をえぐる。

永瀬の顔には、絶望しか浮かんでいない。

後藤のもたらした問題に頭を悩ませていた時間が、まだ幸せだったと思うほどに、場は凍《こお》りついていた。

そして、そこから、――永瀬伊織は壊れていった。

□■□■□

帰宅した太一は二階の自室に向かう。

階段を登り切ったところで、小学五年生になる妹が自分の部屋から飛び出してきた。

ふわりとウェーブのかかった髪が揺れる。

「お兄ちゃ～ん、どうだった～？　チョコ貰え……た？」

無邪気《むじゃき》な声を急速にしぼませ、妹は目をぱちぱちとさせる。

「ど、どうしたのお兄ちゃん？　顔が暗過ぎるよ？　お兄ちゃん全然モテない訳じゃないから義理チョコくらいは……。も、もしかして今年は一つも貰えなかったという惨劇《さんげき》が……！」

「義理なら、いくつか貰えたよ」

「なーんだ、じゃあいいじゃない。あ、わかった。例のお兄ちゃんの本命の女の子から貰えなかったんだ～。それで～、おまけにその子が誰か別の人に本命あげてるの見ちゃったとかぁ～」

「……悪い。今日はもう俺の部屋行くな」

断りを入れて太一は歩き出す。

「ちょ、ちょっと待ってよお兄ちゃん！　ほ、ホントにどうしたの⁉　体調悪いの⁉」

「いや、全然、違うから」

大丈夫だと、信じていた。

今度こそはと、言い聞かせていた。

「悩んでることがあるなら、力になるよ？」

いつも自分に頼ってばかりの妹がそんな風に言ってくれたのは、とても嬉《うれ》しかった。

「ありがとな……。でも……大丈夫だから、さ」

袖《そで》を摘《つま》む妹の手を振り切る。

この非現実世界に、妹を巻き込めない。元より立ち入ることはできないか。

「だ、だから全然大丈夫に見えないよっ⁉　ほらこれっ！　わたしのチョコあげるから元気出して、ね？」

薄いピンク色をした小さな紙の手提《てさ》げを、太一は受け取る。

「ああ……、悪いな」

「ち、ちなみにこれは……わたしの本命チョコなんだぞっ」

妹はちょっと伏し目になって、手をもじもじとさせながら言った。

「じゃあ……、また晩飯の時にな」

太一はドアノブに手をかける。

「あ、あれ？　お兄ちゃん喜ぶって思ったから奮発《ふんぱつ》して言ってあげたのになんで無反応なの？　言い損《ぞん》になってない？　お返しはいつものように五倍返しだからね？　後難しい宿題出たから手伝ってね？　ね、ねえお兄ちゃん、聞いてる？　ねえってば——」

大きな問題は今度こそ起こさない。

無傷で生還する。

そんなバカげた夢、〈ふうせんかずら〉の現象に飲み込まれた現状下で、叶うはずもなかった。

二章　稲葉姫子にとってのバレンタイン

文化研究部《ぶんかけんきゅうぶ》にとって、そして稲葉姫子《いなばひめこ》にとって、今回が四度目の異常事態になる。

〈二番目〉を介《かい》することもなく、これが正しい形だと言うかの如《ごと》く、一年三組担任兼、文化研究部顧問《こもん》、後藤龍善《ごとうりゅうぜん》に乗り移った姿で〈ふうせんかずら〉は部室に現れた。

三度目が特殊な形だったので、もしかしたらまた別の形で来るのではないかと推測《すいそく》していたが、その予想は見事に外れた。

あの〈二番目〉はなんだったのだ、という話だ。

ちなみにそれを尋ねてみると、「ああ……それは……僕がそいつに興味を持たれたという……つまりはあいつにとっては僕が面白いという……。つまりは僕自身が面白くなっているという……ああこんなこと言う必要が……あるんでしょうかないんでしょうか」と言っていた。もう訳がわからん。

〈ふうせんかずら〉が仕掛けてきたのは『感情伝導《かんじょうでんどう》』なるものだった。

簡単に言えば、己の感情が、口に出さずともどれだけ距離が離れていようとも、特定の相手に伝わってしまう現象だ。

現象が発生すると、相手の心の声が聞こえ、同時に相手の持つ『感情そのもの』も体感できてしまう。ちなみにそれが誰《だれ》のものであるかは、声やもっと漠然《ばくぜん》とした感覚とでも自然とわかるようになっている。

どのようにして感じるのか、ということを言葉にするのは難しい。声が聞こえるといっても耳を介している感覚はなく、とにかく脳内ではっきりと音声が再生されるのだ。

それから『感情そのもの』もただ、感じるのだ。無理をして言おうとすれば、他人に共感する、その強度を過剰にし絶対的なものとした、とかろうじて表現できるかもしれない。

対象は文研部五人で、起こるタイミングはアトランダム。経験則《けいけんそく》によれば、奴がコントロールして意図的に起こすパターンもあるのだろう。

他にもいくつか条件はある。

まず一つ目は何人に伝わるかもランダムな点。一人だけに伝わる場合もあれば、複数人の時もある。

そしてもう一つは心を相手に覗《のぞ》かれる発信者側は、自分の心が『誰に』悟《さと》られたかわかるという点。対して、心を覗く受信者側は、自分の他に誰が受信者となっているのか認知できない。

全体をまとめてたとえてみれば、『感情を伝えてしまう電波』が時偶《ときたま》五人の内の誰かから発信され、たまたま『その電波に合うチャンネル』になっていた何人かが電波を受け取る。そして発信者は受信者が誰か把握《はあく》することができる、といった具合だ。

ちなみに感情がより強い方が伝わりやすく、その感情に関わる人物ほど受信者になりやすい。また思いを届けたい気持ちがあっても伝わりやすくなる、などあるらしいが、『傾向』らしいので無視しても構わないだろう。

〈ふうせんかずら〉の話した内容をまとめると、概《おおむ》ね以上のようになる。

初めの頃の、現象が起こった際の異物感は凄《すご》かった。なにせ他者の考えていること、感情が入り込んでくるのだ。気分が悪くなったり、頭痛がしたりしていた。

しかし一週間が経過した今は、もう随分《ずいぶん》と慣れてそんなこともほとんどなくなった。

客観的に捉《とら》えれば、こんな現象にすぐ順応するなど明らかにおかしい。だがしかし、自分達が『現象に慣れる』ことに慣れてきたという視点を取り入れれば、……悔《くや》しいけれど納得がいってしまう。

相も変わらず、恐ろしい現象だ。

心の中を覗かれるなど発狂してもおかしくない。

初めの三日間なんて、——人より暗く嫌なことを考えてしまうと自覚している——稲葉姫子は、眠っていれば思考をせずに済むからと、強く眠ることを欲し逆に眠れなくなる悪循環《あくじゅんかん》に陥った。

だがもう自分達はビギナーではない。

強固な絆《きずな》を築き上げているし、隠している事柄も随分晒《さら》し合った。

自分も四日目になると疲れがピークに達し、それに太一《たいち》から「大丈夫だ」と言って貰《もら》えたこともあり、ぐっすりと眠りにつけた。一度そうやって完全にリラックスできてしまえば、とりあえず普通に生活できる程度には落ち着いた。

そしていつものように、自分達は『終わり』に思いを馳《は》せ、毎日を生きていくしかないのだと現状を受け入れた。

同時に、そこが唯一の突破口《とっぱこう》であると改めて自覚した。

奴らは面白いものを見たがっている、らしい。

そのために自分達文化研究部に特殊な現象を引き起こしている、らしい。

翻《ひるがえ》って考えるに、ならば、『奴らが面白いと思うもの』を見せなければ、こちらへの興味を失うのではないだろうか。

つまりは異常な現象が起ころうが、全く左右されずに自分達の日常を送っていれば、奴らは『もうこいつらは面白いことにはならない』と考えるのでは、ないか。

『欲望解放』の際〈ふうせんかずら〉が現象を終了させた理由は「全員が慣れてきたから」だった。

以上を踏まえて、自分達は『異常な現象を無視して普通に生活する』という対抗手段を取ると決めたのだ。

それが、数日前のこと。

やれるのだと、やってやるのだと、そう、勢いづいていた。

けれど、『最悪』がそこにある事実に、変わりはなかった。

今度こそ無傷でなんて夢みたいな妄想《もうそう》をしていたが、その思いは早々に打ち砕かれた。

前日の部活中に起こった『感情伝導』で、摩擦《まさつ》が発生した。

あの後なにも喋《しゃべ》らなくなった伊織《いおり》が、一番傷ついている様子だった。

それに、自分だってあんなことを知らされて……あんなことを言われて……。

先行きは、明るくない。

更に気がかりなのは、〈ふうせんかずら〉のクソ野郎が「ああ……今回はもっと積極的に関わってやろうかなぁ……と思ったり思わなかったりしてるんですよねぇ……」と抜かしていたこと、か。

□■□■□

二月一五日、バレンタインデーの翌日。

その日の朝も、稲葉はチョコレートを鞄《かばん》に忍ばせて登校した。

教室に直行し太一や伊織と顔を合わせる気概《きがい》がなくて、人気の少ない校舎の隅《すみ》に流れ着く。本当はすぐに考えるべき後藤《ごとう》の顧問《こもん》問題も、今は放置プレイだ。

「……今日チョコを持ってきてる奴はアタシくらいだろうな」

生クリームやフルーツを使用した賞味期限の早いお菓子《かし》にはせず、ただのチョコレートにしておいてよかったと思う。……本当はレベルの高いお菓子に挑戦し、あえなく玉《ぎょく》砕《さい》しただけなのは乙女《おとめ》の秘密だ。

家で、誰かに食べて貰うために料理をするなんて、初めてだったのだ。

鞄を少し開けて、チョコレートの入った箱を確認する。生まれて初めて自分で作って、生まれて初めて自分でラッピングしたバレンタインデー用のチョコレートだ。

まだ手元にあるそれを見て、フられたんだなぁ、と実感する。

悔しさとか悲しさとか寂しさとか、色んなものが込み上げてきて、目頭がじわっと熱くなる。

やめろよ自分。泣いたら、もっと惨《みじ》めになる。

具体的なところまでは把握できていない。けれど八重樫《やえがし》太一が、自分ではなく永瀬《ながせ》伊織を選んだのは事実らしい。

選んだ……いや、本当はとうの昔から、選ばれていた、か。

負けているのに負けていないと、惨めったらしく駄々《だだ》をこねていただけ。

そして自分の抵抗虚《むな》しく太一がもう一度伊織にきちんと告白して、それで決着。

……のはずだったのだが。

伊織が太一の告白を断るものだから、状況が混沌《こんとん》とする。

捨ててしまおうかと一時は考えたチョコレートも、捨て切れずに鞄の中だ。

まだ自分にもチャンスが、と、期待してしまうではないか。

自分の知る限りでは、確かに伊織も、太一を好きだと言っていたはずなのに。

「今更好きじゃなくなった……、とか？」

なにか二人の関係を変えるイベントでもあったのだろうか。

もしそうだとして、その時自分はどんな態度をとってどんな行動をすればよいのか。

わからない、のだ。

自分は太一と付き合いたいと思っているはず。

けれど太一と伊織が上手《うま》くいかなかったと聞くと嫌な気持ちになる。

自分が太一と付き合うことだけを考えれば——、

【太一と伊織の仲が悪くなることはアタシにプラスのはず、なのに】


感情、伝導。

「……ってなんでそこだけ抜き取って『感情伝導』しやがるんだよっ！」

太一と伊織に伝わってしまった。後で弁明《べんめい》をしておかなければ。

「今のだけじゃ、アタシはどんだけ性悪女なんだよ……」

ああ、でもそうか。昨日伊織が口とは裏腹に心の中で冷めた考えをしていたのも、これと同じような話で……。都合のいい妄想だ。

自分が嫌になる。臆病《おくびょう》の虫がうるさく喚《わめ》き出す。

黒々とした固まりが胸でとぐろを巻き――ぱちん！　痛いくらいに、自分の両手を打ち合わせて、己の思考を断ち切る。

現象が起こったって、今回は直接的に文研部の外に影響を与える訳ではない。ならば、自分達がしっかり耐えればいいだけなのだ。もちろん、仲間と助け合って。

事態が悪化する前に片をつけよう。本人と、直接話をする必要がある。

「よしっ！」と気合いを入れ、稲葉は教室へと――ふと誰かと目が合う。

「……あ、ゴメン、稲葉さん。朝練してて、こっちが近道だから通ろうと……」

朝はほとんど人が来ないはずの校舎の隅には、昨日も話したばかりのクラスメイトでジャズバンド部の城山翔斗《しろやましょうと》がいた。

……独り言を喋っている場面を目撃されてしまった。恥ずかしい。

「た、たぶん、お芝居《しばい》の練習をしていたんだよね？　……じゃあまた教室で」

城山はいい奴だったが、逆にその心遣いが胸に痛かった。

――まだ、チョコレートの行く末は決まっていない。

お昼休み、人通りの少ない廊下《ろうか》、稲葉は伊織と二人きりで向かい合う。

「唯《ゆい》と青木《あおき》にはだいたい説明しておいた。二人とも『特にこっちから口を挟むことはない』って感じだったよ」

稲葉が言うと伊織は「そっか」と頷《うなず》いた。伊織の表情は暗い。今朝登校した時からだ。

「で、本題になるんだ……が」

稲葉は、一瞬声を詰まらせる。

伊織の冷たい目が稲葉を射貫《いつらぬ》いている。そんなに恐い顔で見ないでくれよ。

弱い心が、くじけそうになる。

だけど腹に力を入れて、稲葉は尋《たず》ねた。

「お前が太一に告白されたのは、確かなのか？　そして、お前がフったことも？」

「……うん」

「どういう、ことなんだよ？」

「どうもこうも、ないよ。告白されて、フって、……それだけだよ」

「だけどお前っ」

それだけだよ、の言い方があまりにも冷めていて、ついかっとなった。

「じゃあ今までアタシとお前と太一で演じてきた三角関係はなんだったんだよ⁉　なにか好きじゃなくなるきっかけでもあったのかよ⁉」

また昨日と同じように平静さを失う。ダメだ。

「……そんなこと聞いて、どうするの？」

思わず熱くなってしまったところに、冷や水をぶっかけられる。

冷静に、冷たく。

「だって、納得が……」

「納得って、なに？」

能面《のうめん》のような伊織の顔。

息を呑《の》むほどに、美しい。

美しくて、恐ろしい。

「ごめんね……稲葉ん。意味、わかんないと思うよ。でもわたしが、もう『太一と付き合いたくない』と思っているのはさ、本当なんだよ」

優しく説《と》くようにして言ってくる。

「だからさ、わたしのことは気にしなくていいから」

気にしなくていいから、そう告げられて自分は、どうすればよいのだ。

「なあもしかして……今回の『感情伝導』がなにか関係しているのか？」

「……ゼロって言ったら嘘《うそ》になるかもね」

「な、なら考え直せよ、な？　今は特殊な状況下だから判断が狂ってるんだよ。もっと普通になれる時を待って——」

稲葉のセリフを、伊織が「そう考えた時もあったけど」と遮《さえぎ》る。

「その時って、いつ？　そりゃしばらくしたら今の現象は終わるけど、また別の現象が起こったらどうするの？」

わからない。

「人って周りから影響を受けるものでしょ？　〈ふうせんかずら〉の起こす現象と、他の外部要因との違いはなに？」

わからない。

「それにわたしと太一の『お話』が始まったのも、『人格入れ替わり』があったからじゃない？　ならあれも判断が狂ってたってこと？」

わからない。

「ていうか、稲葉んはわたしと太一に付き合って欲しいの？　なにがしたいの？」

それが一番、──わからない。

そして伊織は、こんなに無感情に、自分の恋愛について語れる女だったか。

これだけ、相手を気遣うことなく追い込むように。恐ろしい、くらいに。

その時『感情伝導』が起こって、太一の心の声が聞こえてきた。

【俺はどうしたら……。永瀬にああ言われて……。稲葉のことも……。宿題もやってないし……】

太一のぐるぐると混乱する感情も、稲葉の体に降ってきた。

心の底から、稲葉は聞こえるはずもない太一に向かって返答する。

知らねーよ。

結局伊織の真意《しんい》は摑《つか》めなかった。

ただ確かに、伊織はもう太一と付き合いたくないと思っているようではあった。

……しかも、なんか恐いし。

珍《めずら》しく長引いているショートホームルーム中、稲葉はぼんやりと考える。

「そんなことより……だよなぁ……」

誰にも聞こえないくらいの小声で、稲葉は囁《ささや》く。

人の心配よりも、慮《おもんぱか》るべきは自分自身のことだ。

伊織の件にかこつけて、自らの問題から逃避していたってどうにもならない。

一度はっきりとフられ、今回もまた『自分ではなくライバルが選ばれる』という形でフられた自分は、どうすべきなのだろうか。

本当なら、潔《いさぎよ》く諦めろよという話だ。

でも、自分がフられた要因は、もうなくなってしまったとも言える。

だとしたら、どうすれば。

自身の持つデータベースのどこを調べてみても、解答は見つからない。

誰か正解を教えて欲しい。

恋がわからない。

好きがわからない。

なにもわからない。

感情がこんがらがってくる。

また今朝みたいに嫌な考えをしていると知られたくない。

ぐちゃぐちゃの心情を覗かれたくない。

自分は人より酷《ひど》くて、暗くて、臆病で。

もういっそなにも考えないでいてやろうか。そうなれば、楽だ。でもそうすることは、できる訳がない。だいたい、恋愛なんかにうつつを抜かしていていいのか。今自分達に起こっている現象を考えてみろ。無視することが一番の方策だ。そう思っていてもできるものではない。影響されて、揺さぶられて。そんな自分には余裕なんてなくて、こんな自分を知られたら、恥ずかしくて、恥ずかしくて、恥ずかしくて、立ち直れなくなって——もうダメだ。

ダメだ。やめてしまいたい。色んなことを投げ捨てて。苦しいものから逃げ出して。

やはり自分には、恋なんて向いていなくて。

だからこのチョコは、もう捨ててしまうべきもので——


【ゴメンね。昨日渡しそびれて。一日遅れになって】

唯の、心の声が聞こえた。

そして続けて、青木の心の声も。

【うおおおおおおおおおお！　本当に貰えないのかもと思ってたから死ぬほど嬉《うれ》しいいいいいいいいいいい！】

「うっ……」

稲葉は反射的に目を瞑《つむ》り耳を押さえた。

後ろの席の女子が「どうしたの？」と訊《き》いてきた。稲葉は「なんでもない」と答える。

……焦《あせ》った。心臓がバクバクと鳴る。

青木の心の声が、凄い音量で聞こえた。

こんな状況なのに、よくやる奴らだ。いや、もちろんそうできた方がいい。なににも揺らがなくなれば、終わりがくるかもしれないのだ。

まだ心音が収まらない。

胸がドキドキとする。

いったいどれだけ驚かせてくれるのだ……いや。

それだけじゃ、なくて。

伝わってきたのだ、唯と、青木の、恋のドキドキが。

恋……青木はその表現で間違いないだろうが、唯の場合はどうなのだろうか？
全く、と稲葉は口だけを緩《ゆる》めて笑う。
思わず赤面するほどの胸の高鳴りだ。
向こう側も聞かれたとわかっているはずだから、唯はとても恥ずかしがっていること
だろう（青木は気にしないだろうが）。
本当に青い。
本当に熱い。
本当に……羨《うらや》ましい。
なにがだ？　これだけ誰かに好きだと思って貰えることがか？　まあそれもそうだ。
でも同じくらい、誰かを好きだと思えることも、羨ましい。
負けたくない。
負けてない。
自分だって、この想いは——。
ああ、なんだ。
答えなんて、最初から出ているじゃないか。
ショートホームルームが終わった直後、稲葉は素早く太一にメールを送った。
『部室に行く前に、東校舎裏へ来て欲しい』

そして太一がそのメールを確認するかしないかの内に稲葉は教室を飛び出し、東校舎裏へ先回り。

人気が少なく校内の告白スポットとして名高いこの場所。もしかしたら昨日は多く来訪《らいほう》があったのかもしれないが、流石《さすが》に今日は誰もいなかった。

しばらくして太一がやってきた。

「稲葉」と声をかけられ、今日はまだ太一と一度も話していなかったと気づく。

昨日、酷い状態で別れてしまって以来だ。

「……昨日は悪かった。勝手に……『アタシの気持ちはどうなるんだ』とか言って」

自己中心的な都合でわがままを言っているのは自分なのに。

「稲葉が謝る必要ないだろ。全部俺の責任なんだから……」

「全部一人で背負うなよ。アタシが……いやまあ、半分半分かな、悪いのは」

冗談《じょうだん》めかして笑顔で、言う。

精一杯心がけて、稲葉は明るく続ける。

「でも驚いちまってさ。いつかまた太一が、伊織に付き合ってくれって告白するのは覚悟してたけど……、その前に一言アタシにあるかなと思ってたんだよ……お前なら」

『感情伝導』でばれてしまうよりはと、稲葉は心の内を口にする。

「あ、あれは先に永瀬に告白して、それできちんとオッケー貰ってから稲葉にご挨拶《あいさつ》に行こうかと……」

「……アタシは伊織の両親かなにかかよ」

【先に稲葉のところに行って引き留めに合うと恐いってのもあったけど。抵抗できなくなりそうで】

「……ん？」

「いっ、稲葉……。聞こえたよな？」

「あ、ああ」

今の太一の心の声は、つまり……。

「……な～んだ」

にやにやとした笑みが零《こぼ》れてしまう。

「お前なんだかんだで、ぐらぐらきてたのかよ？」

完膚《かんぷ》無《な》きまでに負けていると認識していたが、意外とそうでもないらしい。

攻撃の成果は、あるという訳だ。

ところが太一は顔を赤らめて否定しようとする。

「ちっ、違うっ！」

「……違うのか？」

少ししょんぼりした顔で言ってみる。

「いやっ、違うってこともないけどっ！」

……お、面白い。やはりからかい甲斐《がい》があるぞ、この男。

「くくく」と堪《こら》えきれずに稲葉が笑うと、太一は「さてはお前ハメやがったな！」と怒り出した。それでまた稲葉は笑ってしまう。

ごほんと、太一が咳払《せきばら》いをする。真面目《まじめ》な話に戻りたいようだ。

上手くは言えないけど……、と神妙な顔をするので、稲葉も黙って聞いてやる。

「俺は永瀬が好きだったんだ……。でもだからって、稲葉のことが嫌いな訳じゃなくて。こんないい奴他にいないって、ずっと思ってるよ」

こんないい奴『他に』いない。

『他にいない』って……オンリーワンってこと？　もしかして……ナンバーワン？

「だいたい稲葉は頭いいし、みんなのこと考えてあげられるし、実はお人好しだし、気も遣えるし、大人っぽくて美人だし、なのに可愛《かわい》いところもあるし、運動と料理は苦手みたいだけど、他にもそれを補《おぎな》ってあまりある——」

「い、一旦待ってくれ」

稲葉は太一のセリフを遮る。

おい、なんだよ、顔のにやけが止まらなくなるだろ。

というか最早……べた惚《ぼ》れじゃね？

と勘違いしたくなるが、自分はフられてしまっているのだから、伊織はそれ以上なのか。太一の伊織評も参考までに聞いてみたいところだ。

「まあ、そんな感じで、稲葉もとても魅力的だと思うけど、でも、付き合うことができるのは一人だから……」

「……おい、それよりもさっきの『他にもそれを補ってあまりある』の続きはなんだ？」

なにを勝手にまとめようとしているんだ、バカ者。

「別にもういいだろ。言わなくたって」

「い、言ってくれよぉう！」

「へ？」

「はっ……！　ち、違う！　言い間違えだ！　噛《か》んだだけだ！」

な、な、なんなんだ今の甘えた声は！

おまけに両腕をわきわきさせる気持ちの悪い動きまでつけるとはどういう了見だ！

自分でやっておいて寒気がしたぞ!?

今度は稲葉が咳払いを入れる番だった。

「……お前が誠実なのはわかったよ。つーかわかってた。それにずっと引き延ばしもせず二股をかけもせず、逃げずに答えを出したのは、格好《かっこう》よかったぞ。……アタシのせいなのにな。ありがとう」

「いや、俺の方こそありがとう」

なにに対してのお礼かわからなかったが、太一は非常にすっきりした顔をしていた。

「アタシって、ここでお前に告白したんだよな」

およそ三カ月前の出来事なのに、もう大分と遠くの日のことに思えてしまう。

「……だったな」

「で、ついでにキスもしたと」

「そういうことを安易《あんい》に言うんじゃない！」

太一の頬《ほお》は赤くなっていた。うん、やっぱりからかい甲斐のある奴だ。

でもいざとなったら頼りになる奴なんだよなぁ。

って、やっぱり自分の方がべた惚れか。笑える。

「なあ、もう一回キスしてみようか？」

なんとなく反応を見たくなったので言ってやった。

「ぶふっ!?」

案の定太一は吹き出した。

こいつ本当にこのリアクションパターン好きだな。

「まあ冗談はおいといて……、ほら」

鞄の中から取り出した小さな包みを太一に渡す。

自分でもびっくりするくらいの、すんなりとした動作だった。

「え、ああ。あり、がとう」

「お前がやっぱり伊織を好きだと心に決めて、でもフられて、じゃあ仕方ないから余った方のアタシと付き合おうと思うか？」

「いや……。そんな最低なことは……」

意地の悪い言い方だったろうか。後最低かどうかは、議論の余地があると思うが。

「アタシもどうしたらいいかわからないよ。伊織が太一を好きじゃないって言い出すと変にもやもやする。ライバルはいなくなった訳だから、って、選ばれなかったのにお前と付き合いたいかと言えば、それもわからない。色々、わからない」

本当に『わからない』だらけ。

だいたい〈ふうせんかずら〉の影響下、こんな風に自分達の恋愛をしていいのかもわからない。

けれど、『わからない』だらけであっても。

「でもアタシがお前を好きなことは確かだから、渡すよ。ハッピーバレンタイン。……一日遅れだけどさ」

この『好き』だけは、疑う余地もなくはっきりとしている。

そして太一のことを好きな自分が、今すべきことは、一つだけだった。

太一は、うん、と大きく頷いた。

「ありがとう。ホワイトデーは、期待しててくれ」

「楽しみにしとくよ」

太一は大切そうに、稲葉の渡したチョコを鞄の中にしまった。

これで一応、果たすべき目的は達成された。

見てやがれよ、〈ふうせんかずら〉。

これが、自分達の選んだ戦い方だ。

何度もくじけそうなるだろう。でも、やってやる。

じゃあ部室に行こうか、というところで、ふと、思いつきの言葉が出てきた。

「お前はフラれて、アタシもある意味フラれた。……そんなフラれたもん同士のやり直しも、面白そうではあるな」

少し照れくさかったので、稲葉は太一の顔を確認せずに歩き出した。

「——俺はフラれたっっっ！」

突然太一が叫んだ。脈絡《みゃくらく》のなさに一瞬『感情伝導』と勘違いしそうになった。

「な、なんだ？　どうしたんだ？」

「フラれたっっ！　フラれたっっ！　フラれたんだっっっ！」

拳を握りしめ、下を向いて大地に叩きつけるように何度も叫ぶ。ここは人気がないとはいえ、校舎内には人がいる。聞こえてしまわないだろうか。

「よしっっっっ！」

太一は最後に一段と大きく、地面に食ってかかるように叫んで締めくくった。

……ちょっと引いてしまった。

もちろんそんなもので太一への『愛』は揺らがないが……なんちゃって！　きゃっ。

でも随分気持ち悪かったことは確かだ。

「な……にをしていたんだ？」

「いや、色々吹っ切りたかったから叫んでみた」

「お前ってそんなことするキャラだったか？」

「いつまでも引きずってられないからな。俺が現実をちゃんと受け止めてもっと早く行動していれば、稲葉が気を揉む必要もなかったのに」

「……そこは悶々《もんもん》としてくれてた方がいいかもしれんが。あんまりすっぱり答えを出されると……」

一気にフラれてジ・エンドになってしまう。

「フられたって頭では理解できてたつもりだったけど……、全然だったな、俺。落ち込むことしかしてなかったし。そんなんじゃダメだ。向き合って、受け入れて、考えて、進んで行かなきゃな」

まだ方向性すらわからないんだけど、と太一は頭を掻《か》いて笑う。

ふん、流石は稲葉姫子が認めた男だ。……口に出すのは恥ずかしいので胸の内で呟《つぶや》いてみた。こういう相手に伝えたいけど言いづらい本音だけ『感情伝導』してくれればいいのに。

「太一、変わったよな」

素直な感想だった。

「稲葉も変わったよ」

「まあそうだな。否が応でも変わらされるような出来事も多かったし」

「そういう風にして……永瀬の考え方も変わってしまったのかな」

少し寂しそうに、太一は呟いた。

その時稲葉の頭には届いた。


【嘘つきだと思うんでしょ？　嘘つきだと思うんでしょ？　嘘つきだと思うんだろ！】


永瀬伊織の心から漏れ出した思考。

こちらの心まで凍ってしまいそうな冷たさ。

——実はずっとずっと思い続けていたことがある。

わかったような気になっているけれど、自分は、実は永瀬伊織の本質を理解できていないのではないか。

なにかを、決定的に捉《とら》え違《ちが》えているのではないか。

そんな、予感。

永瀬伊織とは何者なのかという、疑問。

三章　青木義文なりの戦い方

【表に出ているこの自分こそが本当なのだろうか？

それとも内にいる自分か？

どっちだ！

でも、だ。もう表は上手《うま》くやれないのだ。もうできないのだ。もう限界なのだ。

どっちだなんて選択肢《せんたくし》は成り立たないのだ。

もう自分には、この道しかない】

□■□■□

青木義文《あおきよしふみ》はがばっと布団《ふとん》をめくり上げて周囲を見渡す。

朝、ベッドの上、いつもと変わらぬ自分の部屋だ。

「……夢？　でも……なんか夢っぽくなかったんだけど……？」

先ほどまで自分は誰かの『感情』を見ていた。……見ていたよな？

そしてそれは永瀬伊織《ながせいおり》のものである気がする。

内容はうろ覚えだが、胸にずっしりと重い、他人の感情が残っている。

「もしかして……『感情伝導《かんじょうでんどう》』？」

基本パターンとは少し違っていたが、寝ている状態で起こる特殊バージョンなのかもしれないな、と青木は勝手に推測《すいそく》してみる。

〈ふうせんかずら〉は色々説明していたが、じゃあそれで全てかと言ったら大間違いなのはもう学習済みだ。

……当たり前のように『感情伝導』みたいな出来事の考察《こうさつ》をしている。その事実にちょっと吐き気。もう〈ふうせんかずら〉の起こす異常な事態も、自分にとっては日常に組み込まれているのだ。……気持ち悪い。が、まあそれは置いておいて。

伊織のことをみんなに相談した方がよいだろうか。なにか思い詰めているようでもあった。でも、自分だけにしか伝わっていない可能性のある、誰《だれ》かの気持ちを、また別の誰かに喋《しゃべ》るのも下手すりゃやぶ蛇だし。

「どうなんだろうなぁ……？　でも伊織ちゃん昨日もちょっとおかしかったよな」

『現象なんて無視してやろうぜ！』を合い言葉に今回は戦っている訳だが、そう簡単に上手くいくはずもない。

ダメージを受けて当然。

己の心を隠せない『感情伝導』。たぶん他人からは隠したいこともないだろうと思われがちな自分だって（そういうキャラで売ってるつもり）、意図せぬ時に心が覗《のぞ》かれるのは流石《さすが》に恐い。自分だって空気を読んで思ってても言わないことがあるし、むかついて嫌な考えをすることもあるし、エロいことも考えるし。

けれども現象で生まれる困難を、皆で協力して乗り越えていく。それが自分達が今まで貫いてきたやり方だ。

その中で自分は、自分にできることをするだけだ。

つまりは、——誰よりも『いつも通り』であれるように。

エンジン全開でやってやるのだ。

今日も張り切って頑張ろう！　特に部活発表会は頑張らなければならない。学年末試験も迫っているし……ああ嫌なこと思い出さなきゃよかった。

【うー、ご飯おかわりしようかなー。道場《どうじょう》に通い出してからお腹減るんだよなー。でも妹の分のおかずも半分貰《もら》ったんだよなー。うーん………食べちゃえっ】

今日も朝から元気だね、唯《ゆい》。

□■□■□

「俺が最後……じゃないか、永瀬がまだか」

八重樫太一《やえがしたいち》が部室に入ってくる。

これで後来ていないのは伊織だけ。

昨日は桐山《きりやま》唯が空手《からて》道場に行く日で、太一と稲葉とそれから伊織も部室に来るのが遅かったが、今日はちゃんと五人全員が集まれる日となっている。

「あ、そうだ。昨日くれたやつ、ありがとうな桐山、凄《すご》くおいしかったよ」

「あ、うん。どういたしまして」

太一が二日前まで地雷《じらい》が埋まっていた話題へと踏み込む。もう処理は終わっているのだろう。ならば遠慮《えんりょ》する必要もない。

「やっぱ唯、太一にもあげてたんだ。クラスの男子にも配ってた小さい生チョコ？　オレはそれ食べてないからさ～」

自分は『本命』を貰ってるからそれじゃないんだぜー、という優越感《ゆうえつかん》交じりに青木は聞く。

「生チョコ？　ケーキみたいなやつじゃないのか？」

「ちょ、ちょっと太一！」

唯がちらちらこちらを見ながら慌てている。

「え、ケーキみたいなやつ？　それってオレが貰ったのと一緒じゃ……」

「ぎ、義理よ！　義理！　ギリギリで義理だからっ！」

「ぎ、ギリギリ？」

最早それは義理であって義理じゃないような……いや、義理だ！　ギリギリでも義理は義理だ！　ん？　ならば自分も太一と同じものを貰ってる訳で……自分の分も義理だったのか⁉　ショック！

「ほ、本命と思っていたのに……」

早とちりだったのか。

「い、一応あんたの方が」

ぱたぱたと唯が両手を振る。顔がほんのり朱《しゅ》に染まっている。

「……野イチゴが一粒ほど多いわよ」

「よし勝った！　野イチゴ一粒分勝った！」

太一にこの差は大きい！　大勝利宣言してもいいだろう！

「野イチゴ一粒ってあんまり……い、いやなんでもないけど」

なにかを言いかけて太一は途中でやめた。

やめろ、こちらに気を遣うような目線を送るな。

本当はわかってるよ！　野イチゴ一粒って誤差じゃん！　……誤差じゃん！

「てゆーか、アタシ的にもその状況は看過《かんか》できないなぁ」

稲葉姫子《いなばひめこ》が唯にジト目を向ける。

「な、なんでよ？」

「青木については本当にマジで死ぬほど完全無欠にどうでもいいんだけど——」

「そこまで強調することなくないっすか稲葉っちゃん？」

青木義文君にも興味を持ってあげて下さい！

「——太一にも手の込んだものをあげているとなると……」

「た、太一にも青木にもお世話になったと思ってるから、あたしは多少手間のかかったものをあげただけで」

「本っ当にそれだけかぁ〜？」

「ホントだってば！　太一をす、好きだとかはないよっ！　あ、もちろん友達としては大好きだけど」

「『大』をつけるってことは……」

「深い意味はないってば！」

そんな唯と稲葉のやり取りを見るにつけ、稲葉の発言は嘘《うそ》じゃないんだと実感する。

「稲葉っちゃん太一のこと好きなんだなぁ」

友達ではなく、恋愛対象として。

過剰《かじょう》にからかっているだけなのかと思っていたのだが。

「フン、文句あるか」

「いえっ、ありませんです稲葉隊長！」

す、清々《すがすが》しい。自分の専売特許《せんばいとっきょ》が危《あや》うかった。そのキャラは自分のものだと強固に主張したい。

「……あんたがもう少しバカじゃなかったらよかったのに。ああ……、でもバカなところがいいとこな訳か……」

「ん？　唯、なんか言った？」

よく聞こえなかったので尋ねると「なんでもないわよー……」と返されてしまった。

稲葉が口を開く。

「つーか唯、道場の男子にも配ってたろ？」

「ただの義理だから。って、『感情伝導』で知ったのよね、それ」

唯はもう、男性恐怖症ではなくなった。そう言っていいくらいに、なった。

とても喜ばしいことだ。

「積極的に努力するのは構わんが、だからって反動で男好きに目覚めるのは違うぞ？」

「誰が男好きよ誰が!?」

唯が立ち上がって机をバンバン叩く。

「それはオレ的にも非常に問題アリだ!?」

エマージェンシー、エマージェンシー！

「ああ……、そういえば桐山は昨日の空手の練習中、『あの子の立ち姿が格好《かっこう》いい』とか『あっちの人は横顔がいい』とかよく心の中で考えていたよな」

「太一っ！ 太一っ！ 太一は悪意のなさそうな顔で余計なこと言わないのっ！」

「だからそれオレ的に凄い大問題なんだけど!? オレも道場通おうかな!?」

「そんなんじゃなくて！ あたしずっと女の子の『どの男の子が格好いい』みたいな会話に全然入れてこなかったけど、これからは入れるんだって思ってその準備を……」

「で、男の品定《しなさだ》めをしている訳か。……まさにビッチ！」

「ちっが――――――――う！」

と、稲葉の暴言に唯が叫んで抗議をしている時、外から扉が開かれた。

永瀬伊織が部室に顔を覗かせる。

そこで、部室内の会話は途切れて無音になった。


「じゃあ改めて、文化研究部の存亡をかけた……は言い過ぎだな。都合のいい顧問《こもん》をかけた部活発表会の内容について考えようか。昨日は大したことできなかったしな」

稲葉が音頭《おんど》をとって話し合いを始める。

そこまではいつも通り。

けれど、本来なら真っ先に意見を出すタイプの伊織が、無言を貫く。

顔まで冷たい無表情。

いつもと違う雰囲気《ふんいき》に、リズムが狂う。どう対応すべきか戸惑ってしまう。

太陽のようなムードメーカーに雲がかかり、文研部室《ぶんけんぶしつ》全体が暗い闇に包まれたよう。

しかしこういう時こそ、自分の出番なのだ。

「はいっ！　とりあえずうちの女子陣がコスプレして審査員の男性教師陣＋生徒会の男子を悩殺《のうさつ》すれば――ごおぁっ!?」

唯に思いっ切り脛《すね》を蹴られた。

「あんたが裸踊りして同情を引く案なら考えてあげてもいいわ」

そう言って、唯は優しさの入った目線を青木に送る。青木もにっと笑い返す。

……しかしこちらの意図を汲《く》んでいるなら、もう少し優しく蹴って欲しいところだ。

稲葉が「うむ」と頷《うなず》いて口を開く。

「その『どう審査員から点数を取るか』という戦略的視点は悪くないぞ。というか必要らしい。と、じゃあ各自収集した情報の共有をしようか。太一はどうだ？」

「えー、まずジャズバンド部の城山《しろやま》に教えて貰った話だ。部活発表会は十五分の持ち時間で全てを終えなきゃいけないから、あの部は演奏《えんそう》に入るまでの準備がスムーズにいくようにそこの練習もしているらしい」

「へえ、じゃああたし達は十五分いっぱい使える発表にすれば有利になる訳だ」

唯が発言する。

「いや、そうでもないらしいんだ。部活発表会は、クラブ数の多さ故にほぼノンストップで連続して行うから、場合によっては長いと審査員の心証《しんしょう》が悪くなるらしい」

おっと、その話は自分も太一とは別経路で友達から聞いたぞ。

「それを逆手にとって、去年発表を五分にして残りの時間は『トイレ休憩《きゅうけい》です！　次の部活の時間がくるまでどうぞ！』って言った部活があるんだって。……点数はいまいちだったらしいけど」

色々工夫《くふう》が必要だし、戦略も奥が深いな、部活発表会。

「ジャズバンド部の場合は今年一年の活動報告をしつつ演奏準備、それから演奏、撤収《てっしゅう》を全部で十三分で終える予定だってさ」

ふーん、と唯は感心した様子だ。

「あたし運動部の友達に聞いたら、活動報告三分とか五分でぱっぱっぱーとやってほぼ終わりだって話だったよ。運動系は舞台《ぶたい》でなにもできないし、大会の報告やらで終わっちゃうけど、文化系はかなり力を入れるみたいだね」

ああ、と稲葉が応じる。

「大会が特にない部活は、客観的な成績で比べようもない。ここでどれだけ審査員の心を摑《つか》むかで、相当待遇《たいぐう》が変わるらしいからな」

なるほど、後藤《ごとう》の件がなくても部活発表会は自分達にとって重大事項のようだ。

青木も聞いてきたことを話す。

「あ、美術部は毎年即興《そっきょう》で絵を描くパフォーマンスやるらしくて――」

しばらく情報を出し合い、次いで内容の議論に移った。まず太一が意見を出す。

「俺達の活動は文研新聞の発行なんだから、その拡大版を発表会で見せるのが一番妥当《だとう》だよな。過去の記事の中で、各々が最もよいと思うものを発表するとか」

「無難な線だよね。でもそれだけでジャズバンド部を上回るのは難しくない？」

唯が応じ、青木も呟《つぶや》く。

「あの演奏を越える点数を叩き出さないと、ごっさんがとられちゃうんだよなー」

なかなかに厳しい状況だ。しかし文研部には、どんな状況でも勝利への光明《こうみょう》を見つけ出す名参謀《めいさんぼう》が控えている。彼女の名は、

「もちろん活動の性質の違いは考慮《こうりょ》してくれるだろうが、インパクトの差がデカ過ぎて正攻法じゃ勝負にならんだろうな。アタシらが記事紹介しただけじゃ『ふーん』で終わる可能性がある。別のアプローチが必要だ」

文化研究部《ぶんかけんきゅうぶ》副部長、稲葉姫子だ。

「一案は、発表会のためだけに『なにか時間のかかるもの』を作ること。発表会のためだけに用意したものがあれば、それだけで心証はかなりいい。更に時間のかかったものとなれば、『結果ではなく努力することこそが重要だ』なんて臭いセリフが大好きな教師共は間違いなく高得点をつけてくれるだろうよ、けけけ」

「……このあくどさを知れば先生達もがっくりだろうな」

太一がぼそっと呟いていた。

かんでは消えた。
侃々諤々《かんかんがくがく》に議論は白熱。ああでもないこうでもないと、様々な案が浮
「じゃあ学校周辺のオススメスポットマップを作るでどうだ！」
話し合いも終盤戦《しゅうばんせん》に入って、その意見を出したのは唯だった。
「普段からそんなことをしている訳じゃないけど……、取材して記事に起こすんだから
『文研新聞』特別版だと考えればありか」
太一が言って、青木も続く。
「先生も生徒会の人達も、実際に役に立つんだから興味を持って聞いてくれるくね？」
更に稲葉も付け加える。
「デカい用紙に手作り感満載のやつを仕上げてやれば、教師共の心証もよさそうだ」
考えれば考えるほど部活発表会に当てはまったベストな案、ということで文化研究部
は学校周辺オススメスポットマップを作ることになった。内容は縛りを設けず食事スポ
ット、買い物スポット、レジャースポットとなんでもあり。ただしメジャー過ぎない穴
場がメイン。それを模造紙《もぞうし》数枚にまとめて、舞台上にてプレゼン形式で発表。更に小冊
子も作って配布することにした。
「でもオススメスポットマップってどう作ろっか？　雑誌やガイドマップを参考にしよ
うにも、この町が載《の》っているものは少ないだろうし」
唯がうーんと腕を組んで考え込む。すると稲葉が答えた。

「地域情報誌ってのはあるだろ。それを参照しつつ……でもそれだけだと不十分だから実地調査を加えて……。おい、意外に面倒だぞ」

「面倒言うな。その分質の高いものができるってことだろ？」

「へいへい、努力家の太一君っぽい意見ですね。アタシは少ない労力でいかに効率よく成果をあげられるかに重きをおきたいんだよ」

「でも一番重要なのは審査員に高得点貰えるかってことじゃん！」

「……青木。お前は正論過ぎてたまにムカツクな」

「正論でむかつかないでよ稲葉っちゃん!?」

そんな訳で文研部は年度の最後になって初めて、みんなの好きな記事を書いて載せるだけではない、本格的な発表物を作成することに相成った。しかも、部の命運をかけて。

面倒だとぶつくさ呟いていた稲葉も含め、みんな部活発表会に向けての意欲は十分だ。

みんな十分だと、言いたいのだ、が。

その話し合いの中、伊織はほとんど発言をしなかった。

意見を求めれば「ああ」とか「どうかな」とか「いいんじゃない」くらいの返事はするが、それ以上はなにも喋ろうとしない。

明らかに、伊織はいつもの様子と異なっている。

一通り作業分担が決まった時だ。

「なあ、伊織……」

不安気に、稲葉が伊織に話しかける。思えば、稲葉が今まで伊織のこの態度を放置していたことも妙だ。なにもなければ、すぐ問い詰めていそうなものを。

どうしてだろう。稲葉も、自分と同じように伊織の、重くて黒い、安易《あんい》には触れにくい心の内を知っている、とか。

「……だから、どうしたんだって」

「どうもしてないよ」

「対応とかリアクションが普段と違い過ぎるだろ」

「同じじゃなきゃいけない？」


【やっぱりここが一番やりにくい】


伊織の心の声が青木に聞こえた。

同時に思いも届けられる。

熱くて溶《と》けるようで黒い感情だ。

他には誰に伝わっているのだろうか。


【『永瀬伊織』が出来上がってしまっている。だから】

他の三人の顔を窺《うかが》う。

誰も聞こえていないのか？


【それは違う。できない。上手くやれない。早く早く早く！】


熱い溶ける熱い溶ける熱い混乱している。把握《はあく》し切れない感情だ。

もう慣れてきたと思っていたのに、少し気持ち悪くなってきた。凄《すご》い異物感だ。

「い、伊織ちゃん……？」

恐る恐る話しかけると、伊織は青木に強い目線を送りながら首を振る。

「気にしないで」

余計なことを言うな、ということだろうか。

「話し合いはとりあえず終わりだよね。じゃあ……、先に帰るから」

鞄《かばん》を持って伊織は席を立つ。

らしくない。らしくないだろう永瀬伊織。

「待ってよ伊織ちゃん！」

気づけば誰よりも早く叫んでいた。

しかしなにも言うことを考えていなかった。マズい。

どうしたらよいのか。

自分のすべきことは。

自分にできることは。

自分のやり方は。

「伊織ちゃ～ん、なんで急にクール美少女にキャラチェンジしようとしてるのさ～」

なるべく軽ーく、へらへらと笑いながら言う。

それが、自分のやり方だと思った。

「クールキャラのはずだったのに、今じゃすっかりその影を潜《ひそ》めちゃってる稲葉っちゃんへの当てつけ～？」

さあどんな返しがくるか。どうきても対応してやるぜ。こいよ。返してこいよ。くるだろ？　こいよ。待機時間長くね？　誰もなにも言わなくね？　部室に寒い空気が流れてるっぽくね？　完全に外してるっぽくね？

伊織は、青木を一瞥《いちべつ》することもなく部室を出ていった。

□■□■□

青木は自宅へと向かって河川敷側《かせんじきがわ》の道を歩く。

夕日はとっぷりと沈んでいて、街灯《がいとう》だけが道を照らしている。

川の水に目をやると、黒々として飲み込まれそうだった。

「はぁ……」

青木は肩を落とす。溜息《ためいき》など吐《つ》かない方がよいとわかっているが、

「はぁ……」

とまた溜息を繰り返してしまう。

奇妙な現象が起ころうが、いつも通りでい続けてきた。

みんながいつも通りでいるための、それが自分にできるベストだと信じていた。

けれど今日は、自分の無力さ加減を思い知らされた。

伊織の心の断片を覗き見たというのに、どうすることもできなかった。

自分にはなにかを解決する力などないのではないか。

自分にできることなんて、なにも——。

前から誰かが歩いてくる。人通りの少ない道なので、なんとなく相手を注視《ちゅうし》する。

「……ん？　あれって……」

見覚えのあるシルエットだと思ったら、文化研究部顧問、後藤龍善《りゅうぜん》じゃないか？

「おーい、なにしてんのごっさ……」

目が、半分ほどしか開いていない。

覇気《はき》がない。

生気がない。

事情を知らない人間からは、異様に疲れている後藤という風に見えるかもしれない。

けれど、幾度となくこの姿を見てきた自分には、わかった。

今後藤の体には〈ふうせんかずら〉が乗り移っている。

待てよ。なんでだ。どうなってるんだ。

「どうも……青木さん。……ああ、なんかあんまり青木さんって呼んだことない気がしますねぇ……」

ダラダラと話す口調は相変わらず。名乗らずとも〈ふうせんかずら〉だとわかって貰えるつもりの図々《ずうずう》しさは、かなり鬱陶《うっとう》しい。

しかし、なぜ。

「オレのところに来んの?」

一人でいる時にも現れるという話は、聞いて知ってはいるが。

「まぁ……これからはもっと積極的に関わるかもしれないと言っていた……その一環だと思って頂ければいいんじゃないですかねぇ……どうでもいいですけど」

どうでもよくねえよ。

「……で、なんなの?」

相手を睨《にら》みつけながら、低い声で青木は尋《たず》ねる。

立ち向かい方がわからない。ずっと〈ふうせんかずら〉への対応を他のメンバーに任せてばかりだったからだ。

邪魔だと思って遠慮《えんりょ》していたのだが、こんな場面がくるなら練習しとけばよかった。

逃げるなり、誰かに連絡を取るなりをすべきだろうか。隙《すき》を見て——。

「青木さん……この現象をどのように思いますか……？」

「……どのようにって言われても」

「率直な感想でどうぞ……」

「最低最悪」

「それは……いつもより……ということですか？」

「いつも最低最悪」

「……そうですか……。でしょうねぇ……」

なんだこの会話。どこが面白いんだ。

「じゃあその最低最悪な現象が起こって……あなたにはなにができると思ってるんですか……？」

「……いつも通りでいること」

「いつも通りでいて……なにか意味ありますか……？　というかそれって……結局なにもしていないってことじゃないですかねぇ……」

「いや、ちゃんと意味、は」

みんなに与えられるものは、あるはずだと——。

「ああ……、それも違いますか……。なにも……『できない』、か」

なにも、できない。

遥《はる》かなる高みから、そのセリフを振り下ろされた気がした。

「あなたは一番……くだらない」

自分達を『観察』する側、客観的な立場から突きつけられた言葉が、青木を突き刺す。

というか今は、どういう状況なんだ。

急に、すっと頭が冷えた。

あれ？　なぜ自分はこんな奴と普通に喋っている？　あり得ないことだろ？

やろうと思えば、こいつは自分を、青木義文という人間を『死』にだって追いやれる。

全ては、こいつの、判断、次第だ。

ふと、狭かった視野が広がった。

暗闇。月明かり。街灯の明かり。そこに佇《たたず》む常識外の存在と自分。流れる川の音。それ以外になにもない空間。

恐いだろこんなもん。あり得ないだろこんなもん。

世界に、こいつと二人だけで取り残されたような錯覚《さっかく》に陥《おちい》る。

「もう一度聞きますけど……あなたはなにができるんですか？」

聞かれる。〈ふうせんかずら〉の――後藤の――黒い目が自分を捉《とら》える。

寒い。当たり前だ。真冬の夜道端に立ち止まっているのだ。凍えるほどに寒い。

寒い。寒過ぎる。

「なにもできない青木さんは……なにをするんですか……？」

知るかよ。そんなもん。なんで答える必要がある。だいたい帰宅途中だろ。帰らせろよ。帰らせろよ。帰らせてくれよ！

「あなたは必要のない——」

わかってる！　わかってるよ！　自分が一番バカだって！　自分が一番無力だって！

自分が一番なにもできないって——。


【青木の奴、今どうしてるかなぁ】


『感情伝導』。

心と気持ちが、伝わった。

残念ながら、その感情から、心のときめきやら好きだと思う気持ちやらを汲《く》むことはできなかった。

純粋に『どうしているんだろう』と疑問を持っただけのようだ。

どんな脈絡《みゃくらく》だったのかわからない。

どんなタイミングだったのかもわからない。

でも確かに、唯は、自分のことを——想ってくれていた。

前回起こった『過去退行』の後で、心に決めたはずじゃないか。

もう、こんなくだらない現象に惑わされて、唯を傷つけやしないと。

自分がしっかりして、守ってあげるのだと。


【唯が想っていてくれるなら戦える。オレはどれだけだって戦える。戦ってやる】


おっと『感情伝導』か。粋《いき》なタイミングで起こしてくれるじゃないか。しかもちょうど唯に伝わったようだ。本人に関係する事柄《ことがら》はやっぱ伝わりやすい？　ついでに太一にも伝わったのは少し余計だったが。

「だから青木さん……あなたはなにができると――」

「いつも通りでいる」

もうぶれない、ぶれる必要もない。

自分のために。

唯のために。

そしてもちろん、みんなのために。

自分がすべきことで、自分にできること。

「だから……それはなにもしていないのと同じですから……具体的には……」

「今は部活発表会を頑張る！」

ちなみに学年末試験のことは一旦保留で！

「……ああ……そっちに落ち着きますよねぇ……途中からわかってましたけど」

〈ふうせんかずら〉は呆《あき》れたように首を振る。

……ん、呆れたように？　今までそんな表情したことあったか？

「ああ……青木さん……やっぱりあなたはくだらないし、面白くない……」

くだらないし、面白くない？　稲葉は『〈ふうせんかずら〉が面白くないと思うようになれば現象をやめるのでは？』と話していた。本当にここに解決への糸口が……。

「でもだからこそ……次に進める？　そして……ああ……まあこの独り言はここいらでやめるべきでしょうねぇ……」

次？　どういうことだ？

「ええと……じゃあ……そういうことで青木さんとの会話はおしまいにしましょうかねぇ……。ええ……そうしましょう」

そう言って、〈ふうせんかずら〉は踵《きびす》を返す。

「え？　おい、勝手に話しかけておいて勝手に置き去り？　おーい」

追いかけようかとも思ったが、意味もなさそうなのでやめておく。

「つーかオレもそっち方面なんですけどー。あんたにそっちいかれるとオレがそっち行きづらいじゃないですかー。ついて行くみたいになってー」

当然返事はない。仕方ないのでしばらくその場で待つことにする。

「……だから寒いって！　風邪《かぜ》引いて――」

【俺は本当に、永瀬伊織のことが好きだったのだろうか？】

その時『感情伝導』が起こった。これは……太一の感情か。

つーかなに考えてんの太一？

これをもし伊織が聞いていたらどう思うんだよ？

「……あ、でも伊織ちゃんの方が太一をフった訳だし……」

うーん、複雑だ。

まあそれでも、自分は自分のやり方を貫くしかないのだ。

＋　＋　＋

「あ、永瀬さん。ごめん、急に呼び出したりして」

目の前で話すのは、クラスメイトでジャズバンド部に所属する城山翔斗《しようと》。

あまり会話した記憶もないが、最近、文研部でジャズバンド部の見学に行った時に少し絡《から》んだ。

「実はその……伝えたいことがあって……」

内容の予測はつくが、それはやめて貰いたい。今は普通の対応なんてできない。

「ええと……永瀬さんって凄くモテるし、男子とも仲よさげに喋ってることが多いから、絶対彼氏か好きな人いるだろうって思ってたんだけど……。バレンタインに誰にもチョコあげなかったって聞いて……。それで……特別な人や好きな人がいないんだって思って……」

そんな人自分には、いない。いない……いない……。

好きかもと、思っていた人は、いたけれど。

「じ、実は僕前から永瀬さんのことが……」

「やめときなよ」

城山の言葉を遮《さえぎ》った。

普通なら、こんなことしないだろう。普通なら。

「え？」

「だから、続きを言うのは、やめなって」

心の底から、やめた方がいいと思うのだ。

城山はもっと普通に、ちゃんとした人と。

「え……あの、好きな人いる……とか？　でも僕にも告白くらい——あ」

「とにかく、やめてよ」

忠告ではなく、嘆願《たんがん》に切り替えた。それが、ベストな選択だと判断した。

「……どうして。僕のことが……そこまで嫌いだったの？」

「別に嫌いじゃないよ」

「じゃあ……なんで……そんなにいつもの永瀬さんと態度が違うの？」

いつもと態度が違う。いつもの自分じゃない。

「永瀬さんは……いつももっと……明るくて、笑顔で、楽しそうで、誰からも好かれていて、まるで……太陽のようで……」

それが、城山にとっての『永瀬伊織』か。

いや、皆にとっても同じか。

「そっか、城山君が想っているのはそんなわたしであって、こんなわたしではないんだね？」

「えと……その……」

「本当のわたしのことをわかってないのに、まだなにか言うことある？」

顔を青くする城山に、とどめの一撃を。

「僕は……。僕は……」

これくらい突き放した方がいい。変な幻想を抱かないで済む。

……ただ、ちょっとキツ過ぎたとは思う。やり過ぎ？　でもどっちかなんだから。昔はもっと上手くできていたのだけれど、これも仕方のないことだ。ごめんなさい。

＋＋＋

「あんた、城山君を酷《ひど》いやり方でフったんだって？」

クラスメイトの瀬戸内薫《せとうちかおる》が自分を睨みつけるようにして言ってくる。

「ねえ、どうなの？」

瀬戸内は明るい茶髪のロングヘアーを掻《か》き上げる。カリカリし過ぎだろうと思う。関係ないだろ、と言い放ってやりたいが……いや、関係はあるのか。瀬戸内は城山のことが好きだから。なんとなく予想していたけど、これで確定した。

「だから、なにか言えって――」

「フったよ」

紛れもない事実だ。だとしても、前までの表の自分なら、普通なら、こんな態度は取らないか。

「……なんで悪びれもせず平気なツラしてんの？」

「悲しそうな顔すればいいの？」

今の言い方は感じが悪過ぎた。わざわざ喧嘩《けんか》売らなくてもよかったのに。カリカリしているのはお互い様らしい。

「あんた、調子乗ってんの？　普段はいい子のフリしちゃってるクセにさぁ」

「調子に乗ってるのはそっちだろ」

これは、口に出すべきではなかった。

でも瀬戸内には、無性《むしょう》に言いたくなってしまうのだ。なぜ？

「はぁ？」

瀬戸内は、こめかみに青筋が立つほど怒りに震えた表情をする。

「わたしが誰に告白されて誰をフろうが、そっちには関係ないじゃん」

間違いなく正論。ただ頭に血が上っている人間に、冷めたトーンでの正論は不味《まず》かった。余計に相手を煽《あお》ってしまう。わかっているけど、言いたかった。止まらない。下手くそ。なぜ自分はそんな最低な選択肢を選ぶ。

「やっぱあんた調子乗ってる……！　ていうか……性格悪い……！」

「どう考えたって、そっちの方が性格悪いよ」

「なんだよそれ……！　あんた……猫被ってたの……！」

「じゃあそういうことにしたら？」

猫を被る。確かに、外から見ればその言い方になるか。

「そうやって……！　人を騙《だま》して……！　城山君をたぶらかして……！」

たぶらかして、のところは否定しておきたい。

「なんなのあんたは……なんであんたなんかが……！　あたしだって……あたしだって本当は……」

「本当は、なに？」

尋ねると、瀬戸内は元々赤かった顔を更に真っ赤にした。

「最っっ低！　覚えてろよっ！」

吐き捨てて、肩を怒らせ瀬戸内は立ち去っていく。余計な遺恨《いこん》を生んでしまった。

最低、か。

それが、本当の自分か。

こうする。どうする。ああする。様々挙がる選択肢。普通なら。自分なら。

だから自分は。

四章　八重樫太一にとっての恋愛事情

二月も終盤《しゅうばん》に差しかかり、八重樫太一《やえがしたいち》の所属する一年三組でも、授業中に居眠りをする生徒の数が明らかに減っていた。それが学年末試験の到来《とうらい》を感じさせる。

同時に学年末試験後に開かれる部活発表会も近づいてきている。今日も授業後、メンバーで分担して取材に行くつもりだ。


【あーあ、今日あの日だからなぁ……。……だっるー】


……稲葉《いなば》からの『感情伝導《かんじょうでんどう》』。

現象により恐ろしくプライバシーが筒抜けだが、過去にも『人格入れ替わり』で似た体験をしているので、気を遣い合ってなんとかやれている。自分だって知られたくない部分を知られて恥ずかしいし、伝えるべきではない言葉を伝えてしまい時には苦しい。

でも前回の『過去退行《かこたいこう》』の時みたいに、またなにもできず迷惑をかけてはならないと、できる限り踏ん張っている。みんなだって同様だと思う。

だが問題は、永瀬伊織《ながせいおり》のことだ。

「ねえ聞いた……永瀬さんが……なんだって」

「……でも伊織が……で……なことを言うなんて……」

クラスのあちらこちらから聞こえるひそひそ話。いくらかは本人の耳にも届いているはずだ。

「けど俺らにしてみれば永瀬は……で……だから」

「……だよなぁ。やっぱあんまり信じられな——」

「だから、本当なんだって」

相手の耳に入っても構わない、いやむしろ相手に聞かせようとするくらいに大きな声で、瀬戸内薫《せとうちかおる》は喋《しゃべ》っている。どうもこの噂話《うわさ》を先導している張本人のようなのだ。

「騙《だま》されてるんだって、みんな。あいつ猫被ってるよ」

自分の意見を強く主張するタイプの瀬戸内は、クラスで大きな発言力を持っている。

更に髪を茶色に染めピアスをし、他クラスの不良っぽい生徒とよく連んでいるとなれば、やっぱり普通の生徒は反論しにくくて余計に瀬戸内の影響力が大きくなる。

そして今、その瀬戸内と周辺の仲間が、永瀬伊織を目の敵《かたき》にしているのである。

しかしいくら瀬戸内に発言力があったとしてもだ。通常なら、それだけでクラスの情《じょう》勢《せい》を一気に変えてしまえるほどではない。

でも今は。

「ねえ……伊織」

永瀬と仲のよい中山真理子《なかやままりこ》が声をかけている。

「なに？」

と返した永瀬の口調は、冷淡なものだった。表情も冷たい。

中山が戸惑っている。

永瀬は、それに対してフォローもしない。

「今さ……、伊織の変な噂が流されてるけど、あんなのわたしは信じてないよ」

皆に聞こえる場所で会話しているのは、周囲への主張の意味もあるのだろう。

「伊織はそんな子じゃないと思うし、向こうが勝手に言ってるだけで——」

「だったら勝手に言わせておけばいいじゃん」

永瀬は顔色も変えずに話す。いつもの笑顔はどこかへ霧散《むさん》している。

「放っておけばいいんだよ」

凄《すご》みがあって、恐いほどだった。

それは、まだ永瀬の色々な側面を見慣れている太一ならまだしも、普段の明るい永瀬しか知らないクラスメイトにとっては、強烈過ぎる変貌《へんぼう》に映っただろう。

「そりゃ……伊織が怒るのは当然だよね……」

「怒ってなんかないよ、全然」

表情が変わらない。瞳《ひとみ》は澄んで冷たい。

【それでいい。これでいい。もう、いい】


永瀬の心が、太一に伝達される。黒々とした感情だった。

「だから伊織……、ちょっと恐いってば」

「わたしって結構そういうとこあるから」

中山が「うっ……」とたじろいでいる。

「ま、まあ、わかった。とりあえず……また後でね」

「ごめんね」

最後に謝られ、中山は「これで余計にわからなくなった」と言いたげな困惑した表情を浮かべた。

今まで見慣れていた『永瀬伊織』は鳴りを潜《ひそ》め、今目の前にいる『永瀬伊織』は、皆が知る『永瀬伊織』とは違ってしまっている。

ただ機嫌《きげん》が悪いとか苛立っているとかの次元ではないのだ。

『感情伝導』が起こってから、永瀬はどんどん近寄りがたいオーラを発するようになっている。今まで誰《だれ》よりも愛嬌《あいきょう》を振りまいていた人間が、一切他人にいい顔をしなくなったのだ。

永瀬はなにを考えているのか、なにをしようとしているのか。

【もっと明るくてもっと楽しそうなのが永瀬なのに。それが永瀬で】

しまった、と思う時にはもう遅い。己の気持ちが永瀬に伝わってしまった。

その一瞬、永瀬の肩がびくりと震えた気がした。

部活発表会の準備は予想以上にヘビーなものだった。

ライバルのジャズバンド部も練習を増やしていると聞いた。うちのクラスの城山《しろやま》も酷《ひど》くやつれた顔をしていたほどだ。力を入れる部活は、どこも頑張っているのだろう。

現在文研部《ぶんけんぶ》は、学校周辺のオススメスポット探しに奔走《ほんそう》していた。

情報源は地域誌に口コミ。後は自分達の足でその場所まで赴《おもむ》き、取材を行う。

今日も一旦部室に集まってから、各々街に散っていく。

「お、永瀬もこっちになるんだな」

「うん」

今日はたまたま、太一と永瀬の方向が途中まで一緒だった。

制服の上にコートを着込んだ太一と永瀬は、校門を出て、いつも自分達が歩く通学路とは逆方向に進んで行く。

久々に、太一と永瀬が二人きりになる場面だった。

バレンタインの前日にフられて以来、太一は永瀬ときちんと話せずにいた。

次の行動に移るには多少の時間が必要だったのだ。現象のこともあるし……これは言い訳か。

とにかく、今がチャンスだ。気まずさなんて振り払え。

「なあ永瀬。……なにかあったのか？」

幾度《いくど》も他の誰かから聞かれているとは思うのだが、太一は尋《たず》ねた。

「別に」

この素っ気ない解答を、永瀬は何度繰り返したのだろうか。

「俺じゃ、お前の力になれないか？　なんだってやるぞ？」

「いらないよ」

向かい風が強い。顔に冷気が突き刺さる。太一はコートのポケットに手を突っ込む。

「あの……もし、なんだが……」

言いづらくて、太一は一旦躊躇《ためら》う。

「……俺をフったことに気を遣ってだったら、心配無用だからな」

永瀬が、きゅっと唇《くちびる》を結んだ。

表情を無理矢理押し込めたように見えた。

「……ごめん」

謝られると、胸にずしんときた。

でも、永瀬の友達として、太一は踏み込む。

「けど永瀬は、最近おかしくなってるよな。違うとは言わせないぞ」

永瀬は顔を伏せる。返事はしなかった。

「『感情伝導』が起こって、それで永瀬はなにかに悩んでいるよな？　俺にできることは限られてるけど、人の力を借りれば解決できることも多いって、わかってるだろ？」

永瀬が震えている。たぶん、寒さのためだけではないと思う。

「……本当に、それは、ありがと――」


【助けなんて要らない。これ以上踏み込んでこないで】


完璧な拒絶。

永瀬から聞こえてきた『感情伝導』だった。

一緒に伝わってきた感情は、色々なものが混じり合っていて、太一には本質を掴《つか》み取ることができなかった。

「……永瀬」

太一は意味もなくその名を呟《つぶや》く。

永瀬は、心の中で太一を拒絶していた。

自分は、永瀬伊織という人間に、欠片《かけら》ほども必要とされていない。

まざまざと、突きつけられた。

拒絶された人間にできることなど、なにもなかった。

「そういうことだから……行こうよ。……ごめん」

立ち止まってしまった太一を置き去りに、永瀬は先へと歩いて行く。

その後ろ姿を見て、太一は改めて悟る。

自分は、永瀬伊織のことをなにも知らなかった。わかってやれていなかった。

自分が好きになった、人間なのに。

□■□■□

今日の太一の取材先は、新しくオープンしたゲームセンターだった。

しかし店内に入っても、太一は一向に取材しようという気分になれないでいた。

派手な機械音も、その音に負けないよう大きな声で話す人の声も、今はただ騒音《そうおん》にしか聞こえない。

空間になじめない。自分だけが、世界に見捨てられてしまったみたいな感覚に陥《おちい》る。

自分にはなにもできないんじゃないか、その妄想《もうそう》が真実のように忍び寄ってくる。

心を立て直せない。やる気が起きない。これ以上ここにいても無駄《むだ》だった。

取材が終われば自由解散だし、今日はもう帰ってしまおうかと思った、その時だ。

【文化研究部《ぶんかけんきゅうぶ》は解散すべきではないだろうか】

稲葉姫子の心の声が、『感情伝導』によって届けられた。

肝《きも》が冷えた。

その内容を、稲葉が真剣に検討しているいるいると太一にはわかってしまったからだ。

どうして、そんなバカな話になるのだ。

永瀬に拒絶され、稲葉の考え通り文研部がなくなれば……、自分の居場所はどこにあるのだ？

暖房《だんぼう》の効いた室内で、コートの前をしっかりと合わせて体を包む。

言いようのない不安に襲われて、太一は稲葉に電話をかけた。

勢いで訳のわからないことを口走っていると「もう面倒臭いからこっちにこい」と稲葉に言われ、稲葉の取材先であるカフェに出向くことになった。

「小洒落《こじゃれ》過ぎてて一人じゃ入りにくかったからな。ちょうどよかったよ」

二人で店内に入る。確かに、少し値段設定が高めのためか高校生は見受けられない。

木をふんだんに使った室内は暖かみがあって、テーブル同士の間隔《かんかく》も広くとてもゆったりした雰囲気《ふんいき》だった。

「なるほど、カップルのデートにはよさげだな」

呟きながら稲葉はメモを取る。

二人とも店のオススメだというカフェラテを頼んだ。二人がけのテーブルに着く。

店員に許可を貰《もら》い写真を数枚撮った後、稲葉が口を開いた。

「しかしアレだ、余計な考えまで知られるってのはうっとうしいな」

「……すまん」

「別に責めてる訳じゃねえよ。そういう現象なんだから」

そこで二人ともカップに手を付ける。

温かくて優しい味のカフェラテは、心と体の両方に染み込むようだった。

太一の心も、少し落ち着く。

「それで、さっき稲葉が思ってたことだよ。解散って、どういう意味なんだ？」

尋ねると、稲葉はしばし黙《もく》した。背中をピンと伸ばしたまま、カップを口に運ぶ。

「前から考えていたことだ。〈ふうせんかずら〉は文研部の五人に興味を持っているらしいし、アタシ達五人を一塊《ひとかたまり》で見ている感じがする。ってのは同意できるか？」

「ああ、できる」

自分達が五人が『面白い』と〈ふうせんかずら〉はよく発言している。第一現象が起こるのはずっと五人だけなのだ。

「ならば、この五人が集まらなくなったら……その時は現象をやめるんじゃないか、と考えられないか？」

もし〈ふうせんかずら〉が自分達に見出《みいだ》す価値が、あくまで『五人だからこそ』のものであったとするなら。

「アタシ達五人が文研部を潰《つぶ》し、交流もなくしてしまえば、……アタシ達は日常に戻れるんじゃないか？」

あいつはアタシ達が五人揃《そろ》ってないと説明するのが面倒だとほざいてもいたし、と稲葉は付け加える。

それは根拠《こんきょ》がないようで、実のところ的を射た着想《ちゃくそう》に感じられた。

「でも」

「クソみたいな一連の現象は断ち切るべきだろう？」

太一の反論を封じ込めるように稲葉が問う。

頷かざるを、得ない。

「最近伊織が、ちょっとおかしい」

稲葉に言われた後、太一の体が重くなる。室内の暖かみが、遠ざかる。

「その影響が内輪で収まっていればまだマシだが、クラス内を見るにもう間違いなく外にも悪い影響を及ぼしている。事情を知らない人間達との間では『あの時は現象が起こっていたから』なんて言い訳も使えない。……だいたい変わってしまったものは、元に戻せない」

「だから文研部を解散する……」

「後藤《ごとう》も顧問《こもん》を辞めそうだし、いい機会なのかもなって。今まで大分と抵抗してきたけど」

幾度となく襲いかかってくる超常現象があって、飲み込まれる側の自分達は、どうすべきか。

その時太一はふと気がついた。いや、初めから引っかかっていたか。

「一つだけ確かめておきたいんだが」

太一は稲葉に問いかける。

「稲葉自身は、本当にそれを望んでいるのか？」

なにも言わず、稲葉は長いまつげに囲われた切れ長の瞳で太一を見つめる。

「そう提案するのは……誰のためなんだ？」

太一も逃げることなく、その吸い込まれそうな目と対峙《たいじ》した。

やがて稲葉が、目を背ける。チッと舌打ちをする。

「はいはい、そうだよ。アタシはそれでもみんなでいたいと思ってるよ。現象を終わらせるために解散したらどうだって案は、お前らのために考えたんだよ。文句あるかこの野郎、ふんっ、ふんっ、ふんっ」

わかりやすく拗《す》ねていた。

「それは相変わらずだった。

優しい稲葉は、自分よりみんなを優先して行動する。それは相変わらずだった。

「つーかお前、いつの間に察《さっ》しのいいキャラになったんだよ？　『感情伝導』でもなく意図を太一に読み取られるって、結構恥辱《ちじょく》なんだが」

恥辱とは思わないで欲しい。

「わかるよ。だって、俺も稲葉と同じ気持ちだから。ずっとみんなでいたいって、どんな障害があってもって」

素直な感情だ。

稲葉と話し合い、改めてそれを感じることができた。

自分の心にあるものがはっきり見えてくるにつれ、言葉に自然と力がこもる。

「文研部があったから俺はみんなと出会えたし、色んなことができた。そしてこれからも、みんなとたくさんのことをやっていきたいと思っている。もちろん、稲葉とも」

そこに、迷う要素はこれっぽっちもなかった。

「おい、『もちろん、稲葉とも』ってもう一回言ってくれないか？　さっきと同じくらい感情を込めて」

「……もちろん、稲葉とも」

「くっ……！」

稲葉は口元を押さえてニヤニヤしていた。どんな要求だ。

「……とにかく、その気持ちは全員同じだと思うぞ。たぶん、青木《あおき》も、桐山《きりやま》も……」

——永瀬も、とは、続けられなかった。

自分は永瀬を、ちゃんと理解できていなかった人間だから。

言葉に詰まった太一を見て、稲葉はすっと真面目《まじめ》な表情に戻る。

「でも一側面ではさ」

にやりと稲葉は唇《くちびる》を吊り上げる。

「お前も、解散が必要かもしれないと思っているだろ？　理性的に考えて」

「……え」

息を呑む。稲葉の瞳からは、逃れられなかった。

「……少しも思わないってことは、流石《さすが》にないな」

「だろうな。お前だって、人に迷惑をかけるってのがどういうことかわかっているはずだしな」

いつか、なにを犠牲《ぎせい》にしてでも〈ふうせんかずら〉を自分達から遠ざけなければならない日が、来るかもしれない。

「けれど今は、マイナス思考に走るアタシを立て直すために、ポジティブな面だけを強調したって感じだな」

「そこまで意識してねえよ」

「どんな物事だって一側面だけじゃないしな。想いだって一方向からだけじゃ語れない。

要は『どの角度からどういう風に見るか』だ。その意味じゃ、『感情伝導』も直接心を伝えはするが、一瞬を切り取る性質が故、正しさには限度があるのかもな。もちろん、『思ってる』事実に、嘘《うそ》はないけど」

稲葉は『文研部を解散すべきだ』と考えてもいるが、同時に『それでも文研部を続けたい』と思っている。相反するものが共存することはままある。そのどちらを見るか。

「……話が変な方向にいったな。終わりにしようか。にしてもなんだよ、お互いに相手の裏を読み合ってさ」

相手の裏を、つまりは心を読み合って。

「でも俺は……、永瀬のことは、全然わかってやれていなかったんだけどな」

「……アタシも同じだ。伊織のことなら誰よりも、わかっているつもりだったのに」

稲葉ですら、そんな風に考えているのか。

一人じゃ向き合えなかった永瀬の問題も、稲葉となら少しやれる気がした。

「本当にどうしたんだろうな、永瀬。態度がおかしいし、頭で思っていることも恐いっていうか冷たいっていうか……イメージと違い過ぎるし」

「元から、能天気に見えて暗いとこもある奴だと思っていたが、あれほどとは……。あれがあいつにとっての普通なら、まるで今までアタシ達に見せてきた明るい伊織は演技だったみたいじゃ……いや、ないな。バカを言った、演技だなんて」

「ああ、それは……ないだろ」

ずっと色んな自分を演じてきたから自分がわからなくなったと言った永瀬。でも、それは捉《とら》え方の問題のはずだ。今まで自分達と一年過ごしてきた永瀬が、演じられた嘘の姿であったなんて、絶対にないはずだ。絶対に、だ。

「なんか……アタシにはもう伊織にどう接していいかわからなくなったよ」

「……俺も、だ」

単純に困っているのなら、助けてあげようと思う。でも永瀬は助けを求めてはいないし、進んで今の姿になりたがっているようなのだ。苦しんでいるようでもある訳だが。

「……すまない」

突然、稲葉が謝罪の言葉を口にして俯《うつむ》く。

「どうしたんだよ、急に」

「アタシが余計なことをしなかったら……って、思うんだ」

店内の、音量の小さなBGMにもかき消されそうな、弱々しい声だった。

「もしアタシがお前を好きだと言わなければ、お前と伊織はとっくに付き合ってたと思うんだ。そうなったなら、絶対に別の未来が待っていた。今伊織が、あんな風にならなくて済んだんじゃ……」

今、周囲に対して心を閉ざしている永瀬。

「……どうなんだろうな」

太一の顔も歪《ゆが》む。稲葉がこちらの顔を見てこないので助かった。

「お前達の恋の邪魔をして、……すまなかった」

謝るなよ、と思った。

でも、謝られてどうすればいいんだよ、と思った。

稲葉に責任がないのは確かだ。

だって稲葉になにを言われようが、自分の想いを貫くことなんて、己の意志さえあれば可能なのだから。

思い返せば、だ。

ずっと好きだったつもりなのに、稲葉に告白されてぐらつき迷った時点で、もう、ダメだったのかもしれない。

「稲葉は全然関係ないよ。……いや、全然関係ないは言い過ぎか。稲葉になんやら言われなかったら……俺と永瀬は付き合っていたかもな」

「ほらっ……！」

稲葉が顔を上げる。瞳は涙で光っていた。

「でも、俺は全然永瀬の気持ちを理解できていなかった。だからどっちにしろ、こうやってすれ違っていたよ。……そして、心が離れることになったと思う」

相手を少しもわかっていないのだから、当然だ。

「稲葉のことで少し混乱したけど、遅かれ早かれ、辿《たど》る結末は同じだったさ」

「……けど付き合い始めていたら、もっとお互いが理解できていて……それで……」

「でも、そうしなかったのは、他でもない俺だから」

そこは、逃げずに受け止めなければならない部分だ。

「稲葉は、悪くない」

太一は真っ直ぐに告げた。

誰か他の人間の前だと、強がりの自分を出せる。

強がりばかりじゃいけないけれど、ここはそんな自分が出せてよかったと思う。

おかげで、自分の進むべき道が見えたのだ。

稲葉と話していてわかった。やっぱり一人で考え込んでいるだけじゃダメだ。

「……あれはあれで自分の恋だったと思う。でも、すげー未熟《みじゅく》な恋だったよ。全然、なにも見えていなかった。地に足がついていなくて振り回されていたみたいな」

虚勢《きょせい》を張っている自分。でも、自分がなりたいのはこうやってちゃんと物事に向き合えている自分だ。

また家に帰って一人になったら、うじうじ落ち込んでしまうかもしれないけれど、今だけは、前を見続けられる人間になって。

「ともかくも俺は完全にフられて、一からやり直しなんだ。どうなるかはわからない。もしかしたらもう一度永瀬にアタックしようって思うかもしれないし、そうじゃないかもしれない。ただ言えるのは、ここは終わりじゃなくて始まりなんだってこと」

言い切って、太一はとてもさっぱりとした気持ちであることに気づいた。

そうだ、別に失敗したってどうってことない。

やり直せば、いいだけなのだから。

その中で、もう一度好きになる人が同じだってよいのだ。

「おいそのやり直しの中には……アタシも入れてくれるのか？」

尋ねられて、そういえば、と気づく。

これは稲葉も通った道なのだ。稲葉も一度告白して、フられて、でもその場ですぐ諦めないと宣戦布告して、失敗してやり直してここまできている。少し上から目線だろうか。でも本当にありがたい。

「……稲葉が、許してくれるなら」

色んなものに誠実であるためには、そうやって全てを見つめ直す必要があるはずだ。

「当たり前、だろ」

稲葉はハッと笑って、温かな笑みを浮かべた。

でも実際のところ、強がりの自分じゃない自分は、永瀬に未練《みれん》たらたらかもしれない。

今の自分にはわからなかった。でも全てをまっさらに戻して、また永瀬のことを好きになれたら、それはそれで素敵なことだと思う。そしてまっさらに戻した時、自分はどんな風に稲葉を見るのか――。

「おい……、太一」

目元を軽く拭《ぬぐ》ってから、稲葉が改まった口調で呼びかけてきた。

「お前、ちょっと格好《かっこう》いいぞ。フられたのに……フられたのに！」

「二回繰り返さなくてもいいだろ！」

稲葉と話していて、永瀬に対してなにもできない自分が、少し救われた気がした。

□■□■□

永瀬にフられたショックはまだある。今の永瀬にどう対応していいかもわからない。

でも今の太一は、少なくとも恋に関してやり直そうと思えている。前を向いて、だ。

そしてそんな太一には、片付けておかなければならない重大な事柄《ことがら》があった。

今にして思えば、なぜこれほどまでの大問題を放置しておけたのか、自分でも信じられない。

「話ってなに～？　お兄ちゃ～ん」

小学五年生の妹が、ぱたぱたと二階からリビングに降りてきた。

「そこに座りなさい」

先にソファーに腰かけていた太一は、妹にも着席を促す。

「なに威厳《いげん》たっぷりに振る舞おうとしてるの？　似合ってないよ？」

一言多い我が妹である。

とりあえずは妹もソファーに座る……が。

「なんで俺の隣に座るんだよ。雰囲気的に正面に座れよ」

「いいじゃん別にー。わたしも忙しいんだから早くしてよね～」

生意気《なまいき》である、我が妹ながら。

「まあ構わんが……。ごほん、実はお前に、大事な話があるんだ」

「だからなに？　改まって言うほどのこと？」

妹が首を傾《かし》げる。

可愛過ぎる、我が妹ながら。……はっ、じゃなくて！

「バレンタインの日のことを……、覚えているか？」

「バレンタインの日の、どのこと？　あの日はお兄ちゃんやたらと落ち込んでたからあんまり喋ってない気がするんだけど」

「俺に、チョコをくれたよな」

「うん、あげたよ」

「その時、お前が言ったことがあるだろ」

「なんか言ったっけ？」

「『ちなみにこれは……わたしの本命チョコなんだぞっ』とか言ってたじゃないか！」

「ああ、あったかもね。それで？」

「そ、それでって……！　いや……、だからな、お兄ちゃんはお前が好きだけど、それはあくまでも妹としてだから。いくらお前に本命だからと告白されても、俺達は兄妹な訳で、そういうことは倫理的《りんりてき》に――」

「ぷっ、あははっ！　なにそれ～！　もしかしてお兄ちゃん、『本命だよ』って言ったからって、わたしが本気でお兄ちゃんを男として好きだとか思ったの～？　うふふ！」

「なっ……、え、だって……」

「あっはっはっは、お兄ちゃんウケる～！　もうっ、そんな訳ないじゃん。お兄ちゃんは、あくまでおにーちゃん、だよ？」

「あ……、ああ、そうか。お、俺もそうだと思ってたよ。ただ万が一ってことがあったから一応だな……」

　なんという早とちり。非常にバツが悪い。

「も～、ホントお兄ちゃんったら、どれだけわたしのこと好きなのよ～？　うりうり」

「好きって……。まあ、兄妹だから……」

「周りじゃあんまり仲のいい兄妹って聞かないよ？　でもお兄ちゃんが本気でわたしのことを考えてくれて、好きって言ってくれたのは嬉《うれ》しかったな」

「い、妹としてな！」

「うふふ、わかってるって。しかしこれはなんかご褒美《ほうび》をあげないといけませんな～。う～ん、なにがいいかな～。あ、そうだ！　お兄ちゃん耳貸して～」

「ん、なんだ？」

「ちゅっ♡」

「なっ、なっ、なっ、なっ、なっ、なっ……！」

「ちなみにこれが……わたしのファーストキスなんだぞっ♡」

「うおおおおおおおおおお！」

【妹・の・ほ・っ・ぺ・ち・ゅ・ー・キ・タ・コ・レっっっっっっっ！】

翌日、太一は皆に対して、妹との関係は決して倫理的に誤ったものではなく至って正常なものであると、必死に弁明しなければならなかった。

五章　桐山唯による奮闘劇

山星高校《やまぼしこうこう》の体育の授業は二クラス合同で行われる。桐山唯《きりやまゆい》（とついでに青木義文《あおきよしふみ》）のいる一年一組は、稲葉姫子《いなばひめこ》、永瀬伊織《ながせいおり》、八重樫太一《やえがしたいち》の三人がいる一年三組とペアになっている。つまり文化《ぶんか》研究部《けんきゅうぶ》のメンバー全員が同じ授業に勢揃《せいぞろ》いする訳で、唯はそのことを密かに楽しみにしていた。おかげで元々好きな体育が、学校で好きな授業断トツナンバーワンなのだ。

一年女子が取り組んでいる種目はサッカーだった。

ホイッスルが鳴り、後半戦キックオフ。

一組女子Aチーム対三組女子Bチームの試合だ。

「はい、唯！」

唯に向かってパスが放たれる。

右足でトラップ。やわらかなタッチでドリブルを開始。足にボールを吸い付けたまま敵陣に切り込む。

前方、両サイド。囲むようにして敵がボールを奪いに来る。

だがサッカー部でない女子のディフェンスなど、唯にはお話にならない。ハーフサイズコートを縦横無尽《じゅうおうむじん》に駆け巡る。ひらりひらりと次々敵を躱《かわ》していき……シュート！

「ひっ！」と小さな悲鳴を上げキーパーが逃げてしまう。無人となったゴールにボールが叩き込まれた。ボールの勢いでサッカーゴールまでもが揺れる。

「よーしっ！」

唯は両手でガッツポーズ。

「……ナイス、唯。……でも体育の授業で五人抜きはやめてくれないかな」

声をかけてくれた親友の雪菜《ゆきな》は微妙な顔をしていた。

ピーッとホイッスルが主審《しゅしん》の三組学級委員長、藤島麻衣子《ふじしままいこ》によって鳴らされる。

「ゴール！　一組Aチーム一点追加。それから桐山さんにスペシャルイエローカード！」

「えっ？　なんで？　ていうかスペシャルって？」

「なんでもへちまもないわ。私の許可があるまで桐山さんは敵陣に入ってのプレーを許しません。自陣でのみプレーしてください」

「なにその特別ルール⁉　おかしくない⁉　みんなもおかしいと思うよね⁉」

唯はそう訴えたのだが、味方も含めて全員が唯の処遇《しょぐう》に異議を唱《とな》えなかった。

「唯、あんたに本気を出されるとパワーバランスが崩れるのよ」

雪菜に言われてしまった。

……前半はセーブしていたから、後半になってはしゃいじゃっただけなのに、ちぇっ。

それから唯はドリブル禁止の縛《しば》りを自らに課し、自陣にて味方のパスを中継《ちゅうけい》するに徹した（体育の授業なのだ、空気はちゃんと読む）。

余裕があり過ぎて暇だったので、隣のコートにも目をやる。

その人物を自然と追っているうちに、すぐに気づいた。

いつも体育で中心となって活躍《かつやく》している伊織に、全くボールが回っていないのだ。今も完全フリーなのに、そしてボールを持つ味方もそれに気づいているようなのに、パスを出して貰《もら》えない。

まるで、無視されているかのようだ。

伊織の表情は暗い。ここのところずっとそうだった。

「唯ちゃん！　前！」

チームメイトの声に顔を戻す。ボールを持った敵が唯の横を走り抜けようとしていた。

一歩二歩近づき、ちょん、と足を出しボールを奪って味方にパス。

「か、片手間でこの無駄《むだ》のない動き……」

雪菜がなにやら呟《つぶや》いていたが、話しかけられた訳ではないので気にしない。

もう一度隣のコートを見る。

伊織は相変わらずボールの動く前線に絡《から》まず、後ろの方をうろうろしている。

と、

「あ！」

伊織と同じチームの子にぶつかられて、伊織がよろけた。

そのぶつかった子（はっきり名前を覚えていないけどたぶん瀬戸内《せとうち》という子だ）は伊織に謝りもせず、さっさとフィールド中央に走っていく。

「い、今のわざと……？」

ただの不注意とは思えない当たり方だった。


試合が終わって（終盤まで一組Aチームは一点差で負けていたが、ラストに敵陣への進入《しんにゅう》が許可された唯が二ゴールを決めて逆転勝利した）、片付けをやってから、ストレッチに入り、授業が終わる。

伊織に話しかけたかったのだが、コートが違うのでタイミングが合わなかった。

唯が見ている間、伊織は時折《ときおり》稲葉と喋《しゃべ》るくらいで、後は誰とも話していなかった。普段の伊織はもっと明るく、色んな人と絡んでいるのに。

というか近くを通ったのなら太一も声をかけろよ。伊織がひとりぼっちだぞ。それでいいのか。……フられたから難しいのかもしれないけど。

「あんた永瀬さんのことばっか見てるわね」

雪菜に声をかけられた。

その後、雪菜は「えっとさ、聞いた話なんだけどさ……」と躊躇《ためら》いがちに言う。

「どうしたの？」

「どうも永瀬さんに関して悪い噂《うわさ》が流れてるらしくってさ。猫被ってるとか、可愛いのをいいことに男を騙《だま》して酷《ひど》いフリ方してるとか、なんとか……」

「雪菜。そんな噂、まさか信じてないわよね？」

「わかってる、わかってるから恐い顔しなさんなって。……あんたから聞く限りはとてもいい子そうだし。ただ、永瀬さんをよく知らないで、噂だけ信じちゃう子もいる訳で。……だから恐い顔しなさんなって」

誰だ、伊織の変な噂を流している奴は。


更衣室に向かう途中、伊織に話しかけることができた。

「ねえ、伊織」

「……なに？」

「あ、えーと……」

しまった。なにを喋るか考えていなかった。

【お、あの子胸おっきいなー】

誰のどこを見ているんだ青木のバカはド変態は後胸の大きさで女の可愛《かわ》いの価値は決まらないていうか今大事なとこなんだから邪魔すんな！

「あのー、さっきの体育……うう」

とっさに出てきた話題だが、今日の伊織には楽しくないかと、話すのをやめ……ずに、目を逸らしてはいけないんだと踏み込んでいく。

「さっきの体育の時、おかしかったよね？」

まあ、最近の伊織はずっとおかしいのだが。

「……そんなことないよ」

「だって、全然ボール貰ってなかったし……」

伊織本人が妙なのに加えて、周りの様子もおかしいと思えたのだ。

「……たまたまだよ」

「本当に？　なんか変なことになって――」

【やめて。話しかけないで】

伊織からの『感情伝導《かんじょうでんどう》』だ。

ぐちゃぐちゃで混沌《こんとん》とする気持ちが、唯の中に入り込んでくる。

唯は足を止めてしまう。

先を行く伊織の隣に、並び直せない。

伊織がなにかに苦しんでいるのは、伝わってくる感情からも悟《さと》れる。でもその正体が、唯にはちっともわからないのだ。

心情を直接感じているのに、相手を理解することが叶わない。

痛みを共有しているのに、助けてあげることもできない。

それがとても、悲しかった。


テスト勉強で忙しい中でも（唯の場合は空手道場《からてどうじょう》に通っているのでそれも忙しい）、文研部員達による、部活発表会の学校周辺オススメスポットマップ作りは続いていた。

「デートにオススメな穴場カフェにー、安くて量の多い中華料理屋さんにー、可愛いアクセサリー売ってるお店にー、小さいけどすっごく素敵な美容院にー……他にもいっぱい。これ全部ちゃんと回って取材したって凄《すご》いよね」

自分達で作成したものに、唯は自ら感心してしまう。

「……プロレスがよく開催《かいさい》される体育館とか、趣味丸だしのやつもあるけど」

ぼそっと呟くと、太一がすぐさま反応した。

「なっ……、お前はあの体育館でプロレス史的にどれけ重要な大会があったと——」

しかし太一がセリフを言い切る前に稲葉が被せて話し出す。

「小冊子にまとめたやつなんて、ちょっと体裁整えたら金取れるぞ」

「もう、稲葉はすぐそんな話にしちゃうんだから」

太一は無視することにした。あ、落ち込んでる。ちょっと可哀想《かわいそう》だったかも。

「つーか取材内容を小冊子にしてから、それを元に舞台発表のプレゼン用資料を作るって手順、完全に失敗だったな。小冊子の段階で時間取られ過ぎだ」

稲葉が愚痴《ぐち》を零《こぼ》す。

文研部は、学校周辺オススメスポットマップの披露《ひろう》に際して、詳細な情報をまとめた小冊子と、舞台でのプレゼンテーションにインパクトを持たせるための模造紙《もぞうし》を用意する計画だ。

現在は舞台発表用模造紙の作成にまでこぎ着けていた。オススメスポットの位置情報を記載《きさい》した手作り巨大地図と、わかりやすく、そして印象に残るようデザインされた、オススメスポットの資料を作ればよいのだが、これが結構な量に及ぶ。

広さのある視聴覚室《しちょうかくしつ》で、後方の席の人まで見えるよう、資料の文字はかなり大きくする必要がある。そのため模造紙（縦が約一メートルのもの）の枚数が大量になるのだ。面倒なことに点数をつける審査員達は、他の生徒達の反応も見たいとかなんとかで、会場の後ろの方に座るらしく、文字サイズの変更はできない。

正直、時間的余裕はあまりない。

「タイトルのレタリングはこんな感じでいいんだよね、稲葉っちゃん？」

いつも以上にわちゃわちゃとものが散乱する部室の中で、青木が稲葉に尋《たず》ねる。

「ああ。……チッ、にしてもデザイン凝り過ぎて作るの面倒臭え！　『売れる広告の作り方』なんてガチな本を参考にするんじゃなかった！」

稲葉は他にもレタリングの本や配色に関する本まで調達してくれていた。やり出したら徹底的にやるのはなんとも稲葉らしい。確かに大変だが、完成した時にはそこら辺の高校生大会なんか目じゃないレベルに仕上がるはずだ（そんなものがあればだが）。部活発表会でしか使わないのがもったいない。

「内容も無駄に盛りだくさんだしよ！　少し妥協したいが……もしそれで負けたら悔《く》いが残る！　負けるのは嫌だ！」

「揺らすな稲葉、字が歪《ゆが》むだろ」

癇癪《かんしゃく》を起こした稲葉を太一が注意する。

皆でわいわいと協力して作業を進める。

しかしそこに、文研部部長でありムードメーカーである伊織の姿はない。

そのことを、ふと、唯は意識してしまう。

最近、伊織は部室に来なかったり、来ても早く切り上げたりすることが増えている。

『感情伝導』、それが今回〈ふうせんかずら〉が起こした現象の名だ。

皆の恋愛事情が赤裸々《せきらら》になるなど危ない場面もあったが、文研部はバランスをとり続けている。慣れも影響しているのだろう。

けれど全員無傷という訳にはいかないくて、特に伊織が一番被害を受けていた。

時期的に考えて、伊織の不調に『感情伝導』が関わっているのは間違いない。加えて伊織に関する悪い噂も、影響しているのだろうか。

今日の体育の時の出来事だって、伊織に大きなダメージを与えているかもしれない。

あの時、自分は違う対応をすべきではなかったか。

ぐちゃぐちゃでわかりにくかったけれど、今にして思えば、あの時『感情伝導』で伝わった伊織の感情は、——悲しみに満ちていた。

「唯っ、手を止めるな！　一番器用なお前が頑張らないと終わるもんも終わらねえんだよっ！」

稲葉がペンで唯の肩を叩いてくる。

「稲葉、……自分が不器用だからって桐山に当たらなくても」

「くっ……、今のは全くちっともこれっぽっちも器用な唯に対する当てつけじゃなかったのに勝手な解釈《かいしゃく》してアタシをヤな奴扱いするな太一！　後不器用扱いもするな！」

「長いつっこみを噛《か》まずに言い切る稲葉っちゃんかっけー」

本当に楽しい仲間達だ。

「ごめん。今伊織のこと考えてて……あ」

口に出さなきゃよかったかな、と思う。

「……永瀬、な」

太一が辛そうな顔をする。

やっぱり言わなければよかった。ごめんなさい。

稲葉が口を開く。

「またあのクソ野郎が現象を起こしてるんだ。……なにかしらは起こるだろ。前と比べて現象自体の恐ろしさは、外部に影響を与えない意味では減少してもな。そもそも『感情伝導』だって……いや、なんでもな――」


【恐い。恐いよ。本当に恐い】


稲葉の、『感情伝導』だ。心臓がぎゅっと縮《ちぢ》こまるような、極度の不安だった。

瞬間、稲葉の顔に焦《あせ》りの色が走る。

しかしすぐその表情を消すと、稲葉は唯の顔をじっと見つめてきた。

長いまつげに縁取られた瞳が、強い力をもって唯の瞳に向かってくる。

言わなくていい、アタシは大丈夫だから。

そう訴えたいことが、伝わった。

咳払《せきばら》いで仕切り直してから、稲葉が声を出す。

「……まあ、現時点じゃ、アタシも大事に至る『知られたくないこと』を『感情伝導』されてないからいいんだが、もしそれが起こったら……って、恐いからな。伊織には、それが起こってしまったのかもしれない。……はっきりとはしないが」

心の中であれだけ不安を感じながら、稲葉の態度は堂々としたものだった。

稲葉が酷く心配性であるのは知っている。

けれど、普段からこんなに怯《おび》えているとは思ってもみなかった。

しかも稲葉はそれをおくびにも出さず、皆を安心させようと強く振る舞っているのだ。

稲葉はただ強いし凄いと認識していた。でもそれだけじゃない。稲葉はいつも努力して自分の弱さを封じ込め、強くあろうとしていたのだ。

稲葉が、こんなにも頑張っているなんて知らなかった。

自分は今まで、なにも知らずに頑張る稲葉の庇護下《ひごか》にいたのか。

部室内に沈黙《ちんもく》が降る。

空気が重くなってしまっていた。

その嫌な雰囲気《ふんいき》を切り裂いたのは、青木の明るく能天気な声だ。

「とーにかくっ、困ったら助けを求めればいいって伊織ちゃんはわかってるはず！　からオレ達はその時を待とう！　そしてもし、伊織ちゃんが助けを求めてきたら全身全霊《ぜんしんぜんれい》で突っ走ろう！　これっきゃない！」

勢いよく青木は言い切った。

テンションの上下差が大きくて一瞬きょとんとしてしまった。でもすぐに狙いを理解して唯は「そうね」と微笑《ほほえ》んだ。

この男は、どんな空気だって自分のものにしてしまえる。

天然でやっているようにも見えるけれど、たぶんそこにも、青木なりの苦悩と努力があるのだと思う。損《そん》な役回りもいとわない姿勢は、素直に尊敬する。

【あんたのそういうところ、好きよ】


「な……」

な、なんて思いを『感情伝導』してくれるのだ！　しかも青木に稲葉と太一にまで！

「ゆ、唯……今の『感情伝導』は本当に……いや、『感情伝導』だから本当なんだ！　うおおおついに唯から愛のメッセ——もがふっ!?」

青木の口に丸めた紙を放り込んで黙《だま》らせた。

「うげっ……、げほっ……。なぜ!?　真実を言おうとしただけなのに!?」

「うるさいっ！　あれはあんたの一つの要素を取り出して、それについて思っただけなんだからねっ！　勘違《かんちが》いしないでよねっ！」

「……こんなにわかりやすいツンデレ見たことねえよ」

「ツンデレついでに顔が赤いぞ、桐山」

「稲葉と太一も黙るっ！　蹴るわよ！」

みんなが笑う。顔が熱い。もう嫌だ。

頰《ほお》を膨《ふく》らませて拗《す》ねていると、みんなが「ごめんごめん」と謝ってきた。謝れば許して貰えると考えているなら大間違いだ。……許すけどさ。

「でも青木の言う通りかもな」

話し始めたのは太一だ。

「俺達が今、確実に必要で、永瀬のためにできるのは……文研部を守ることだと思う。永瀬はこの文研部の部長なんだ。だから、今は部活発表会の準備を頑張ろう」

伊織にフられたはずなのに、太一はその伊織のために、ただひたむきに言った。

前に『感情伝導』があったから知っている。太一はフられてとてもショックを受けている。

それでも伊織のために、言っているのだ。……『確実に必要で』と前置きしているのは少し消極的な気もするが。

なんだかふつふつと、体の中から燃える闘志《とうし》が湧《わ》き上がってきた。

頑張る青木に負けたくない。

頑張る稲葉と太一の役に立ちたい。

困っている伊織のためになにかをしてあげたい。

いつもは守られてばかりだった。でも決めたのだ。自分はもっと強くなると。これからは自分がみんなを守るのだと。

自分だって、頑張ろう。頑張らなきゃいけない。

じゃないとみんなと対等になれない。

今自分に、できることはなんだ。

「……今日あたし、もう帰ってもいいかな？」

「勝手なこと言ってんじゃねえよ。お前が抜ければ作業効率大幅ダウンなんだよ」

稲葉に怒られるが、唯の決意は揺るがない。

「大丈夫っ。その分後で作業効率大幅アップさせてみせるからっ」

ペンを片付ける。自分の筆箱《ふでばこ》を鞄《かばん》に放り込んで立ち上がる。

「どったの唯⁉　オレの助太刀《すけだち》必要⁉」

「要らない！　一人で頑張れるから！」

青木の助力を断る。

「お、おい桐山。あまり直情的な行動は……」

「大丈夫！　後太一に言われたくない！」

太一の忠告を無視する。

「待てと言ってるだろうがバカ野郎」

最後に、稲葉が扉の前に立ち塞《ふさ》がった。

「なんとなく見当はつくが……」

頭を掻《か》きながら、稲葉は小さく呟く。

「アタシはやめておいた方がいいんじゃないかと思う、今は」

稲葉の目は真剣だった。

「必要ならあいつから言ってくるだろうし、なにより……危ない気がする」

「危ない？　どうして？」

「だってお前……」

言いかけて、稲葉は俯《うつむ》き口をつぐんだ。

「大丈夫だよ、稲葉。あたし、もう強くなってるから」

にっこり稲葉に笑いかける。

稲葉は少し困ったように眉をひそめていたけど、やわらかく頬を緩《ゆる》めてくれた。

「じゃ、行ってきます！」

稲葉の脇をすり抜けて、唯は駆け出した。


「今から家に乗り込むから！」と電話して唯は伊織家方面に向かう電車に飛び乗った。

伊織と、一度ちゃんと話をしてみようと考えたのだ。

断片的に事情を聞いたり、声をかけたりだけじゃ不十分だ。

もっと伊織と正面から向き合わなければならない。

他のみんなだって伊織のことを考えてあげている。そしてみんなは、どちらかと言うと、静観《せいかん》の構《かま》えをとるつもりらしい。

必要ならば伊織は助けて欲しいと言ってくるはず。その意見はもっともだ。

でももしかしたら伊織は、自分でも問題がわかっていないかもしれない。自分の意思で助けを求められない問題を抱えているかもしれない。

みんなだって、そんなこと理解していると思う。でも踏み込み過ぎて相手を追い込んでしまうこともあるし、じっくり考えさせてあげる方がいい場合もあるし、伊織の心の問題であるから、自分達にできることは……後『感情伝導』という現象とも合わさってそれで……うがー！　もうわからん！

でも、ぶつかってみなければわからないなにかがあると思うのだ。

だいたい絶対に正解だとお墨付《すみつ》きを得てできる行動など、多くないはず。

不確かな中でも、前に踏み出す勇気が大事なのだ。

自分にだって、できる。頑張れる。頑張ってみせる。

自分だって頑張れる。頑張ってみせる。

思う間に駅に到着。

改札口から出てしばらく進むと、前方から伊織が歩いてきた。

「あ、伊織」

慌てて唯は駆け寄る。

「ごめんね。急に電話して乗り込むなんて言って、その上そっちから来て貰って……」

「いいよ」

応えた伊織の表情に変化はなかった。

笑顔を見せては、くれない。

芸術品のように完成された伊織の顔はそこに色がないと、美しいのだが、少し恐い。

歩道で立ち話は邪魔なので、側にあったレストランの駐車場内に侵入させて頂く。お店には入らない。なぜならこの後すぐにでも、部室に戻るつもりなのだから。

先に口を開いたのは伊織だった。

「前も似たことあったよね。その時とは、立場が逆になってるけど」

「え？」一瞬理解し損ねるが「ああ、そっか」状況のことかと思い当たる。

『欲望解放《よくぼうかいほう》』の時だ。自分はひきこもって学校にも行かなくなって、迷惑をかけた。

その時一番頑張ってくれたのが伊織だった。みんなのために奔走《ほんそう》して、自分の家に何度も来てくれた。一人で、もの凄く頑張ってくれていた。だから、今度は自分の番で。

「ねえ伊織、『感情伝導』について……どう思う？」

「どう、って？」

「えーと、だから、凄く大変とか凄く辛いとか」

「大変……だと思うよ」

「も、もう少し具体的にっ」

「凄く大変とか、凄く辛いとか答えればいいんじゃないの？」

伊織が冷めた目で唯の胸の辺りを見つめる。

……なんだか思ったようにいかない。意外に難しいぞ。

一旦間を取ろうと、唯は深呼吸を入れた。

「でも伊織が、とても悲しんでいて、苦しそうだったから」

『感情伝導』で、感じたことだ。

「あたし、伊織のためになにかしたいな、って」

「なにもできないと思うよ」

ざっくり、といかれた。

でもくじけない。

「ねえどうしたの、伊織？　いつどんな時だって、誰よりも笑顔でみんなを励《はげ》ましてくれる伊織がさ、ずっと暗い顔じゃない。あたし伊織には凄く助けられてるんだよ？　少しでも伊織が元に戻るために、あたしは――」

「元に戻るもクソもないんだよ」

乱暴な言葉遣いだ。

「唯は、なにも見えていない。なにも知らない。なにも気づいていない。いや唯だけじゃない。みんなそうだ。みんな……、本当のわたしに、気づいていない」

伊織の声が、末尾《まつび》で震えた。

「……どういうこと？」

「もうわたし……疲れちゃったよ。……もう、ダメだよ。上手《うま》くやれない……上手く
ダメって言わないで。そんなに悲しい顔しないで。

「なにもダメじゃないし、上手くやれないなんてことないよ……」

【唯とはもう友達でいられない】


嘘《うそ》。なんで。そんなことない。そんなこと言わないで。

伊織から伝わってきた原始《げんし》の思いが、切実にその感情は本当なのだと伝えてきても。

認めない。認めない。認めない。

「あたしは伊織が大好きだし……、それはこれからも変わらないよ……」

この思いがどれだけ真実であるか、『感情伝導』で伝わってくれればいいのに。

「……わたしがどんなに変わっても？」

「うん、もちろん」

「全て変わっても？」

「……うん」

「じゃあ唯は、わたしのどこに対して友達でいたいって感じてるの？　わたしが全部変わっちゃったら、なにも残ってないんだからもう別人と変わらなくない？」

うん、つまり……。少し難しかったけれど意図は酌《く》み取れた。

「今まで積み上げてきたものが、あるじゃない」

「過去に仲よくした事実があれば、その人がたとえどれだけ酷い人になっても、たとえ凶悪犯になっても友達？」

「う、えっ……と」

理詰《りづ》め？　どう反論すればいいの？　どう答えればいいの？　なんか恐い。どうすれば、どうすれば――。


【こんなの伊織じゃない】


「あ……」

己の心の、伊織に対する『感情伝導』だ。

どうしてか、なぜか、論理的な理由はわからない。けれども直感的に、この思考は伊織に伝わってはいけないと、感じた。

だけど思ってしまったことは取り消せない。

言い間違いでもない。とっさに口にしてしまった訳でもない。もう真実過ぎてどうしようもない。


【だからもう、唯とは友達でいられない。いられない。いられない】

その伊織からの『感情伝導』は、悲しくて寂しくて切《せつ》なくて孤独で沈痛で侘《わ》びしくて痛ましくて身が切られるようだった。

その時、先ほど部室を出る際どうして稲葉が『危ない』と忠告したか理解できた。

『感情伝導』が起こる状況下にある、お互いの深い部分を探り合うような会話が、なにを引き起こすのか。

思いの全てが透けるような状況で、本質に触れる会話なんて、絶対にしてはならない。

目に見えてわかるくらいに、自分と伊織には隔《へだ》たりができてしまった。

どうすることもできない。

自分じゃ無理だ。

凍りついた伊織の心を溶《と》かすことなんてできない。

もう頑張れない。

――誰か助けて。


重い足を引きずって、唯は暗い夜の幹線道路《かんせんどうろ》沿いを歩く。

風に当たる面積が小さくなるように体を縮こまらせる。手袋をはめた手をぐーぱーさせる。昼間はほんのり春の兆《きざ》しが見えたのに、夜は凍えるほど寒い。

でも、歩いて帰りたい気分だった。

もう稲葉達も帰宅した頃だろう。本当にただ部活をサボっただけになってしまった。

申し訳ない。

上手くやれると自信たっぷりだったのに、蓋《ふた》を開けてみれば傷口を広げただけ。

あると思っていた自信は、ただのうぬぼれだったのだ。

と、携帯電話《けいたいでんわ》が振動する。着信だ。右手の手袋を取ってディスプレイを確認する。

発信者は、三橋千夏《みはしちなつ》。

唯が小中で空手をやっていた時のライバルであり、しばらく疎遠《そえん》になっていたものの冬休み中再会を果たし、一悶着《ひともんちゃく》の末親友になれた女の子だ。

電話に出る。少し時間がかかる雰囲気だったので、唯は付近のバスの待合所に入った。

唯は千夏の話を聞くのもそこそこに、自分が今陥《おちい》っている状況について相談した。もちろん〈ふうせんかずら〉や現象のことは言わないし、他の部分もぼかしている。

待合所は暖房《だんぼう》が効いて暖かく、おまけに誰もいなかった。

「――ってことになってるんだ。千夏はどうしたらいいと思う？」

『細かい事情わかんないからなんとも……。でも正直な話、ほっとけばいいんじゃないって感じだけど。時間が解決することも多いし』

「そんなことダメだよ！　……だめ、だよ」

放っておくなんて、無責任な。

『……てゆーか、わたしもそんな話聞きたくて電話したんじゃないんですけど？　こっちにも話があるって言ったでしょ』

「それよりも今はこっちが大変なのよっ」

『大変かもしれないけどさ。わたし丸っきり部外者だから限界あるし』

「千夏、優しくない」

『はいはい、どうせわたしは優しくないですよ。てゆーか、わたしが優しくないのはわかってたでしょ？』

「でもあたしが困ってるんだよ！　助けてよ！」

はんっ、と電話の向こうで千夏が笑った。

『なにそれ？　あんた、未《いま》だに他人任せなの？』

未だに、他人任せ。

「ち、違うよ……！　あたし頑張って、でもダメだったから……」

頑張ったって、結局自分はダメだったのだ。それで、どうしたらいいかわからなくて。

『……ごめん。ちょっとイライラしてた。唯も頑張ってると思う。だから——』

突如耳障《みみざわ》りな電子音が鳴った。

受話口から相手の声が聞こえなくなり、通話が切れる。

ディスプレイにはバッテリー切れの警告が表示されていた。

「……最悪」

生憎《あいにく》と予備バッテリーは持ち合わせていない。

待合所内に、唯はひとりぼっちで取り残される。

じわっと汗が滲《にじ》んでいた。暖房は明らかに効き過ぎだ。エコじゃない。

引き戸の開く音がした。

外の冷たい風がびゅんと飛んできて、唯の火照《ほて》った頬を叩く。
こつ、こつと足音が響いてきた。座ったまま唯が顔を持ち上げる。
文化研究部顧問、後藤龍善《ごとうりゅうぜん》、その姿をした、
〈ふうせんかずら〉がそこにいた。

「あ……あ……ああ……」

心臓が止まるかと、いや一瞬止まった。間違いなく止まった。息ができない。恐い。

今度はもの凄い速度で心臓が動き出す。顔が熱い。顔が冷たい。どっち？　手が震える。

「……どうもこんにちは桐山さん……。……あれ？　……夜だからこんばんは？　ああ……慣れない挨拶《あいさつ》するんじゃなかった……」

だらりとゆるりとした姿勢。ねっとりしているようでからりとしているようでもある声。全身に漂《ただよ》う負のオーラ。飲み込まれる。助けて。

さっきとは違う種類の汗が体中から噴き出す。

「……どうしたんです桐山さん……？　……体調悪そうですけど……？　どうでもいいですけど……」

聞きたいのかよ。聞きたくないのかよ。気にしているのかよ。気にしてないのかよ。

「僕の気のせいか……桐山さんとお会いするのは、他の方と比べて少ないし……絡《から》んで

いる機会も少ないような……」

その通り。『欲望解放』の時も『過去退行《かこたいこう》』の時も、自分は〈ふうせんかずら〉と接触していない。今回の現象を説明するために現れた時、久々に再会したのだ。その時はまだみんながいた。でもここには、自分しかいない。

「あの……なにか言ってくれないと……僕が独り言の独演会《どくえんかい》状態になるんですけど……普段からそういうところありますけど……」

「な……んなの？」

かろうじて声を絞《しぼ》り出す。

待合所には自分と〈ふうせんかずら〉の二人きり。〈ふうせんかずら〉は出入り口に立ち塞《ふさ》がる形になっている。逃げるには奴の横を通り抜ける必要がある。

青木が一人のところに〈ふうせんかずら〉が出現した。話は聞いていた。だからまたあるかもしれない。注意した方がいい。稲葉が言っていた。

でも自分には、当事者意識の欠片《かけら》もなかった。完全に油断していた。

戦えば勝てる？　勝てない。知っている。過去に圧倒的な力でもって屈服《くっぷく》させられた。

「ああ……戦いを仕掛けるとか……そんな物騒《ぶっそう》な真似はしないで下さいね……」

心を、読んでいるのか。

「で……桐山さん。……どうですか、この現象は……？」

なんだ、その質問は。

恐い。恐いに決まっている。まずお前の存在自体が恐いんだ。常軌《じょうき》を逸《いっ》しているんだ。

「自分の心の中だけにとどめようと思っている事柄まで、全部曝《さら》け出《だ》されて、恐くないですか？」

心なしか強くしっかりとした口調になっている。なんなんだ。

「心の、中を」

恐い。それが人を傷つけるって知っている。伊織は傷ついて、そして自分は伊織を傷つけて。伊織の暗くて冷たい気持ち。傷つく。そして自分も。

全てを、みんなに知られてしまうかもしれない。

丸裸の自分。守るものはない。汚い部分。嫌な部分。全部見られる。嫌われる。恥ずかしい——ああ。

ずっと見ないようにしていた谷底を、覗き込んでしまった。

知っている。恐ろしいことだと知っている。でも見ないように、気づかないように、意識しないようにしていたのだ。そうしようとみんなで初めに決めた。

意識すれば泥沼にはまりかねない。だから普通にやろうと。ある程度慣れもあったからやり続けていられた。でも今、自分はまさに、泥沼だ。

どうしよう。どうしよう。意識すると止まらない。妬《ねた》みが。羨《うらや》みが。侮蔑《ぶべつ》が。拒絶が。

嫌悪《けんお》が。自分の中の嫌な感情が吐き出されていく。

後藤の姿の〈ふうせんかずら〉は、濁《にご》った目で見つめ続けてくる——。


【助けて】


『感情伝導』が起こった。

自分の気持ちが、青木と太一に伝わった。

よかった。これで助かった。みんなが助けてくれる。場所もなにもわからないはずだけれど、二人なら絶対になんとかしてくれる。もう安心して大丈夫だ。頼れる仲間が自分のことを——。


——あんた、未だに他人任せなの？

耳朶《じだ》に、千夏の声が蘇《よみがえ》った。

一瞬『感情伝導』が起こったのではないかと疑うほど明瞭《めいりょう》だった。もちろんそんなことはないが。

負けたくない。

ただ純粋に、そう感じた。

負けそうでも辛くても泣きたくても勝ち目がなくても負けたくない。

強く強く強くありたい。

心の中に戦いの炎が戻ってきて、そして思い出す。

もう誰にも、なににも、負けない。

そう決意したはずじゃないか。

自分がここで言うべきセリフは、『助けて』じゃない。

唯は立ち上がる。

左足と左手を前に出す。

手を自分の顎《あご》の高さまでもってくる。

腰を落として、構える。

ぐうっとお腹の辺りに力を入れ、〈ふうせんかずら〉を睨《にら》みつける。

「……なにを……」

「『感情伝導』は恐いけど、凄く嫌だけど、でももう逃げないって決めてる。それに今まで散々恥かいたし、みんなになら、なに知られたって大丈夫だし」

なんだ、もう〈ふうせんかずら〉に恐怖なんてちっとも感じないぞ。

「みんな頑張ってるんだもん。あたしだって頑張れる」

稲葉も、青木も、太一も、そして伊織も。

一つ、とても大切なことに気づいた。

仲間に言うべき一番理想の言葉は、助けて、じゃない。一人で頑張るから、でもない。

たぶんそれは、一緒に頑張ろう、だ。

「……もうなにを言っても効果なさそう……。ああ……なんだか……」

〈ふうせんかずら〉の、下がり気味の肩が更に下がる。だらっとした顔からもっと力が抜ける。がっくりしている……と見えなくもない、かも。

「……このやり方よくないのかもしれませんねぇ……。飽《あ》きてきたしもうやめようかなぁ……なにより面倒臭いし。でも直接交流が……ああ」

なにかに納得したように〈ふうせんかずら〉が一つ頷く。

「……こんな風だから……、奴みたいなのに出しゃばられるんでしょうねぇ……。いやいや僕も面白くなってる……」

奴、というのは〈二番目〉？　面白くなってる、ってことは〈ふうせんかずら〉も変化している？

「それにしても……桐山さんは強くなって……。……もしかして青木さんよりも面白くない……だからこそ面白い？　本当に次に……」

「……おーい」

「ああ」

「一人で話して無視しないでくれる？　まだなんか用ある？」

普通に喋れている。自分ってこんなに度胸《どきょう》あったっけな、と思う。感覚麻《ま》痺中《ひちゅう》？

「いえ……もう……いいです。……さようなら」

「……さようなら」

挨拶までしてしまった。ていうか今回〈ふうせんかずら〉は初めも終わりも挨拶してきたな。まるでこちらと仲よくなりたいみたいだ。

〈ふうせんかずら〉が回れ右をして、待合所から出ていく。

引き戸が閉じられる。

同時に、唯はその場にぺたんと座り込んだ。

「ああ〜〜〜、恐かった〜〜〜〜〜！」

自分一人で〈ふうせんかずら〉に相対するとは夢にも思わなかった。やりきった。妙な充足感もある。でもやっぱり、

【恐かった】

あ、『感情伝導』が起きてしまった。

【どこだ——!?】【どこだ——!?】

と、今度は青木と太一の、自分に伝わってくる『感情伝導』だ。

お節介《せっかい》な二人だ。一度助けを求めておいてなんだが。

冗談半分、頭の中で答える。

【あたしの家に一番近いバス停の待合所ー】

あれ、今度は自分の『感情伝導』だ。

……って本当に会話みたいになってるんですけど⁉

なんか『感情伝導』を上手く利用できてない⁉

もう必要ないと伝えたかったのだが、連絡手段もなく、唯はその場で待つことにした。何度か『感情伝導』を発生させて伝えられないかと念を込めてみたが、そう都合よく起こってはくれなかった。

「はぁ……はぁ……。だ……大丈夫か桐山！」

先に到着したのは太一だった。

……そこは頑張って意地でも先に来いよ青木、と思った。だからダメなんだぞ、とも。まあ家にいるとか外にいるとか、状況的に致し方ないのかもしれないが。いや、それとも、単に太一のタイミングのよさが天性のものなのか。

「あの……ごめんね、太一。もう大丈夫になったんだ」

詳しくは明日みんなの前で喋るつもりだった。なので端折《はしょ》り端折り先ほどの出来事を説明する。

「そうか……。本当に今回は何度も現れるな。次は俺か稲葉か永瀬か……」

「飽きたって言ってたから来ないかもしれないけど」

「……飽きた？」

そりゃ太一も眉《まゆ》をひそめると思う。

「あのさ、太一」

さっき気づいた大切なことを胸に嚙み締めながら、太一に話しかける。

「〈ふうせんかずら〉が変な現象起こすようになってから、みんな凄い頑張ってたじゃない？　でもあたしはみんなと比べたら全然頑張れてなくて、だからもっと頑張ろうって思ってたんだ」

「俺は、桐山もずっと頑張ってたと思うぞ」

「ありがとう。でも、あたしに対しては守らなきゃってことばかりで、あたしに守って貰ってるなんて感覚なかったでしょ？」

「……う」

太一はどちらかというと無愛想《ぶあいそう》なのに、感情の変化は顔にすぐ出て相手に読まれやすい。なんとも愉快《ゆかい》なキャラだ。

「それじゃダメだと考えてたから、稲葉の忠告も無視して伊織と話してみたんだけど、……失敗しちゃった」

過《あやま》ちは、認めなければならない。

「失敗か……。俺も、失敗したんだ。永瀬に……完璧に拒絶されたよ」

太一は沈痛《ちんつう》な顔をする。

「俺は永瀬を一つも理解してやれなくて……。だからたぶん、俺が永瀬にしてやれることは、……なにもなくて」

「そんなことないよ！　伊織は絶対太一の助けを待ってるよ！」

「でも永瀬は本当に望んでいないみたいで……。俺にできることなんて……」

「太一。あんた最近ちょっと、へたれてない？」

自分がむっとした顔をしたせいであろうか、太一がたじろぐ。

「前はもっと、ガンガン攻めてたのに」

たぶんその落ち着きは、太一が成長したから、太一が周りのこともよく考えるようになったからで、前のままバカみたいに突っ走られても困るのだが。……急所を蹴り上げるだとかさ！

「だいたいさ、太一。伊織がクラスであんな状況なのに、なんで見過《みす》ごしてるの？」

「……それは」

かまをかけてみたら、見事にビンゴ。

そうか、伊織はそこまで大変なことになっているんだ。自分が想像したより大分酷い状態なのかも。

「ていうかよく考えたらなんだけど……今日太一が言ってた、今伊織のためにできることは『部活発表会の準備をするだけだ』って、だいぶへたれてない？」

もちろん伊織本人が助けを求めてくるまで踏み込み過ぎない、という考えも理解できるのだが。でもそれは裏を返せば、今の状況をただ見ているだけになる。内面の問題は簡単に解決できないかもしれないが、伊織の外の問題は、どうとだってできるじゃないか。

「俺だって永瀬のためになにかしてやりたい。でも永瀬がなにを望んでいるか、わからないんだよ……」

そうかもしれないけど。

確かに最近の伊織は訳わかんないけど。

太一の言い分もわかるけど。

なんだか、イライラしてきた。

「酷い失敗もしたし……。俺は……どうしたら……」

ぷっつーん。

「うっじうじうっじうじ女々《めめ》しいのよあんた！　あたしだってどうしたらいいかわかんないわよ！　頑張ったのに結果は散々《さんざん》でさぁ！」

止まらない。頭に血が上ってる。

「失敗したら次はどうしたら失敗しないか考えなさいよ！」

それはまさしく、自分にも当てはまることだ。

「てゆーかあたしだって偉《えら》そうに説教する資格ないわよ！　でもあんたがあんまりにもあんまりだから言うしかないじゃない！　あたしヒステリックな女みたいじゃない！　ヤな役やらせないでよバカ！」

「……え。いや……、ごめんなさい」

「謝ったら許されると思ってんの!?　それでいいと思ってんの!?　でも最終的にはそりゃ当たり前に……許すけどさ！」

「あ、ありがとう」

なに『こいつなにが言いたいんだ？』みたいな困った顔してるのよ。

しばらくお互いに声を出さず、妙な間がぽっかりと空いた。

随分勝手な意見を言ったな、と唯は反省する。直前に伊織の前で酷い失敗をやらかしているのに。自分はこんなやり方をしていいのだろうか。なにかを間違えては――。

「……なあ、桐山」

ややあって太一が唯の目を見つめてきた。真っ直ぐな瞳だ。ちょっと惚《ほ》れちゃうかも……いや、恋愛感情で好きとかじゃなくて。

「一緒に、頑張ろうか」

ああ、そうか。

太一も、わかってるんだ。

誰かに頑張って貰うんじゃなくて、一人で頑張るだけでもなくて、一緒に頑張る。

それが正しい仲間の形。

桐山唯は、そう信じている。

「頑張りましょ、一緒に」

太一が、仲間が一緒に頑張ってくれるのなら、自分だって頑張れる。

「今の永瀬は全然わからないし、周りの状況も自ら望んで招《まね》いているようにも見える。……けど、放っておく訳にはいかないよな」

「伊織のためになにをやればいいのかはわからないよ。出しゃばり過ぎもおかしなことになるだろうし。でも……、やれることを、やろうよっ」

唯が言うと、太一は晴れやかな顔で笑ってくれた。

唯からも自然と笑みが零《こぼ》れる。

「拒絶されて自分はなにもできないと思っていたけど……、そうだな、なんだってできるもんな」

太一がそう言ってくれたのが嬉《うれ》しくて、唯は大きく「うん！」と頷《うなず》き返した。


【唯～！　もう着くからな～！】


今更ながら青木の『感情伝導』があった。

……だからあんたは来るのが遅いのよ！

＋＋＋

朝から酷いことがあった。

登校すると、自分の机に落書きがされていた。すぐ消せたので問題はなかったが、それを消す間、誰も手伝ってはくれなかった。皆関わるのを恐れているように見えた。太一か稲葉がいれば、また状況は変わっていたかもしれないが。

更に朝母親と喧嘩《けんか》したとか大切な髪留《かみど》めをダメにしたとかの外部要因まであって、状態は最低最悪にどん底だった。

しかしそんな日に限って、動きがあるのが世の常だ。

【アタシだけ逃げてられるか。あいつらだって頑張ってる。アタシだって】

昼にそんな稲葉姫子の声が聞こえてきた。そして放課後《ほうかご》、稲葉は自分に向かってきてくれた。

最悪のタイミングで飛び込んでこなくても、と思った。

今の自分は暗くて真っ黒で陰鬱《いんうつ》なのに。

「伊織。いい加減どうしたのか言えよ。とっくに見過ごせるレベルを越えてるぞ」

「じゃあなんで今更？」

そう問う。問い詰めて、しまう。

かけてあげたい言葉はそれじゃない。

でもそれはもう、できない。

稲葉の表情が自分のたった一言で揺らぐ。

どうも稲葉は完璧に作り込んでいないみたいだ。中途半端《ちゅうとはんぱ》な雰囲気が漂っている。

今日の稲葉は『弱い』かもしれない。

「……今更と言われても仕方ないよな。それはすまなかった。でもアタシにも、わからなかったんだ。この状況でなにをどうすればいいか。それにお前が、あまりにも変わってしまっていて……」

あまりにも変わってしまっていて。

変わった。

いや、変えたのか。

口を開き、言葉を紡《つむ》ぐ。

「で、どうするの？」

どうして自分は、こんな言い方を選んでしまうのだろうか。普通の人間なら、こんなやり方しない。普通にすらなれないのが自分なのか。

「伊織、話してくれよ、お前の心の内を」

ぐっと一度歯を噛み締めてから、稲葉が踏み込んでくる。

「……言わなくたって、伝わってるでしょ。『感情伝導』で」

「あれは断片であって全てじゃない。バラバラのピースだけじゃ、本当のことはわからない。だから伝えて欲しいんだ、全てを」

「なんで稲葉に全てを伝えなきゃいけないの？」

稲葉の顔が驚愕《きょうがく》の色に染まる。「あ……嘘……」と声を漏《も》らす。ガラガラと、崩れ落ちていくのが目に見えてわかる。やっぱり脆《もろ》い。脆かった。苦しい。苦しい。嘘。

動揺《どうよう》し、泣き出す寸前の顔になりながら、稲葉は必死に首を振る。今の言葉を聞かなかったことにしているのか。自分を立て直そうとしているのか。

「伊織……、アタシはお前に救われている。だからアタシだってお前を救いたいんだっ。救うなんて、差し出がましい言い方かもしれないけど、それでも」

稲葉は拳《こぶし》を握って続ける。

「……アタシ達友達だろ？　助け合うものだろ？　だからお前は助けを、求めろよ？」

「そっちの価値観押しつけないでよ」

はっきりと言い放つ。

「押しつけるって、なんだよ。お前だってわかってるだろ……！」

稲葉の声に、怒りの感情がこもっていく。

「わかってるだろ……って、それこそ押しつけじゃん」

「お前っ……お前なにがあったんだよ⁉　お前はそんなこと言うキャラじゃないだろ⁉

お前はもっと……違うじゃねえか！」

そんなこと言うキャラじゃない。

もっと違う。

違う。

違うのは、できない。

もう、上手くやれないから、できない。

稲葉はとても感情的になっていた。

「お前本当におかしいぞ⁉　太一に告白されたのにフってからずっとだ！『感情伝導』も起こって、普通じゃいられないのはわかる。アタシだって恐い。苦しい。しんどい。ずっと動けなかった。……でもなんでだよ、だいたいどうして太一をフる必要があった？　お前は太一のことが好きで……」

だから、それが、それこそが、

【押しつけだ】


「……え？」

稲葉が間の抜けた声を出す。

自分から稲葉への『感情伝導』だった。

黒くて黒くて黒い感情が湧《わ》き上がった。

全てを晒《さら》せと求めるならば、そうしてやろうと思った。自分の中の八つ当たりじゃないかという声は、無視した。

「意味わかんないのはそっちじゃん。わたしと太一にくっつけと言って、無理矢理二人を意識させて」

言葉を、叩きつける。

「しつこいくらいにくっつけくっつけ言っておいて、『じゃあ』ってその気になってたら、後から『アタシも好きです』とか入ってきて」

「あ……あ……」

稲葉が全身を震わす。寒さに凍えるように体を抱く。

「その割にわたしが付き合わないって言ったらそれも嫌がって。なんなんだよ。なにがしたいんだよ」

自分のことを棚に上げて言い続ける。

「勝手過ぎるんだよ。人の気持ちを煽《あお》っておいて、そのクセに後から邪魔してきて、むちゃくちゃにして。わたしの気持ちを考えたことある？　なに考えてるの？」

普通に、こんなセリフが言えるのか。自分は最低な人間にしか、思えなかった。

がくりと、稲葉が膝《ひざ》から崩れた。

【ごめんなさいごめんなさいごめんなさいごめんなさいごめんなさいごめんなさい】


聞こえてくる稲葉の声。

後悔。負《お》い目。罪悪感。自責《じせき》の念。謝罪。謝罪。謝罪。

伝わってくる稲葉の気持ち。

痛い。辛い。悲しい。胸が引き裂かれそうだ。気にしなくていいんだと、言ってあげたい。

でも言わない。もう言えない。言えないのが自分。

そしてその時伝わってきたのは、ここにはいない八重樫太一の思いだ。


【一人で戦っている訳じゃない。俺は永瀬のために自分にできることをやるだけ】


熱い。眩《まぶ》しい。神々しい。

だから自分にとっては、苦しい辛い。

そういうのは、もう本当にやめて欲しい。

自分にそんな資格は、そんな覚悟は、ないのだから。

六章　稲葉姫子による覚悟

死にたい。

そう言いたくなるくらいに、へこんだ。

ダメだ、冗談でも口にすべきではない言葉だ、と稲葉姫子《いなばひめこ》は自戒《じかい》する。

昨夜はずっとぐだぐだぐだぐだぐだ弱虫思考がうるさくて、それが『感情伝導《かんじょうでんどう》』されて、周りに甚《はなは》だしい迷惑をかけた（特に太一は『感情伝導』を聞いて家まで訪ねて来ようとするから大変だった）。

クソがつくほど生半可《なまはんか》な気持ちで、なんとなくという修飾詞がつく使命感で臨《のぞ》んだ代償《だいしょう》には、手痛いしっぺ返しを喰らった。

思い出すのは昨日突きつけられた伊織《いおり》の言葉。

どれだけ身勝手か、自分でもわかっているつもりだった。

その罪を背負って、歩んでいるつもりだった。

でも伊織に責められ、これだけダメージを受けているのだ。本当に自分の身勝手な行動を背負えてはいなかったのだろう。

どこかで甘えて、都合よく知らないフリをして。

伊織自身が、かつてそうしろと言ってきたから？　……人のせいにだけは、するな。

愛が生まれてしまったら仕方ないだろ、それが全てだから許して貰《もら》えるんだろと、女子が好みそうな映画やドラマのように言ったって、現実では通用しない。

伊織のこの上なく整ってでも表情がなくて、人形じみていた顔を思い返す。

『押しつけだ』。

自分は、なにを伊織に押しつけているのだろう。

自分の中で描き続けてきた永瀬《ながせ》伊織の像と、今の伊織には大きな隔《へだ》たりがある。

そのギャップの間に、いったいなにがある。

今まであったものがぐしゃぐしゃと崩壊して、そこに残るのは――。

「稲葉っ！　ちゃんと作業して！　明日からテスト三日前で部活全面禁止だから今日中に発表会の準備終わらせるんでしょ！」

「そうだぞ稲葉っちゃん！　本当はオレだって勉強したいんだ！　赤点取ったら稲葉っちゃんの責任にするからな！」

「……それはお前の責任だろ？」

「太一《たいち》～！　そこは正論ストップしてくれよ～！　『せっかく休みの土曜日に出てきてるんだし』で繋ぐところだろよ～！」

「せ、せっかくの休みの土曜日に出てきてるんだし」

「うんそれそれ、グッジョブグッジョブ！」

「そこの男二人も遊ばない！　四人しかいないんだから回らないじゃない！」

「うっす、唯《ゆい》」

「すまん、桐山《きりやま》」

「わかればいいのよ。後、青木《あおき》。あんたは一日勉強したからってどうもならないわよ」

「そこで毒吐く意味なくね!?」

「なにがあってもお前の責任だからな」

「太一もダメを押す意味なくね!?」

「あんたがあたしの後輩になることがあっても……げふんげふん」

「こ、恐いこと言わないでくれるかな、はは……は……。あ～～～～～！　不安になってきたよ～！　もう一回一年生とか嫌だよ～！」

……うるさい奴らだった。

「ほら稲葉もっ。まだぼーっとして」

「あ、ああ……。悪い」

唯に叱られ、稲葉も止めていた手を動かす。

「……もう一回一年生をやれば、いくらお前でも進級できるから安心しろ」

「稲葉っちゃんはオレが留年すること前提ですか!?　てゆーか唯の『ほら稲葉もっ』は

オレを口撃しろって意味じゃないと思うよ！」

青木に毒をぶつけて、調子をほんの少し取り戻す。

部活発表会の準備も大詰めを迎えている。完成させたプレゼン用の模造紙《もぞうし》の枚数は優に十を超える。全部広げて並べれば、部室程度のスペースじゃ全然足りなくなってしまうほど。それをただ簡素な文字で埋めるだけでなく、レタリングに気を遣い配色に気を遣い、見た瞬間「おお」と思わせるレベルに仕上げたのだ。更に途中から妙に凝《こ》り出した唯がふんだんにイラストを取り入れたおかげで、しばらく見ていても飽《あ》きがこない。我ながらよくここまでやったものだと思う。

この質、しかも十五分以内では全てを紹介するのは不可能なほどの量。二つが揃《そろ》えば、ジャズバンド部の演奏に勝《まさ》るとも劣《おと》らない印象を残せるはずだ。いや、むしろ資料による発表でここまでやる部は他にない分、評価される際文研部《ぶんけんぶ》が有利かもしれない。

十二分に勝算はある。そう稲葉は踏んでいる。

勝利できる案を練《ね》ったつもりではあるが、なによりもみんなが頑張ってくれた。

一年部活をやってきた集大成として、誇《ほこ》れるだけのものができた。

後は各自プレゼンの練習を、テスト明けに最後の全体練習をして本番だ。

ちなみに発表の分担は、五人バージョンと、不本意ながら四人バージョンも用意している。

今はいなくても本番には伊織も来てくれる。そう信じたいが、発表会は待ったなしの戦いなのだ。万が一に備えておく必要がある。

……伊織は今、なにをしているのだろうか。

「稲葉、大丈夫だから」

太一が、自分にだけ届く声で囁《ささや》いてくれる。

一瞬『感情伝導』が起こっていたのかとぎょっとしたが、そうではない。ただ自分の顔色から心情を汲み取られただけだった。

「ありがとう」

小さく返事を返し、稲葉は手元に目を戻す。

ああ、温かい。

ぬくぬくと、甘えていたくなる。

けれど自分はそんなことを、許されてよいのか。

今この時だって、伊織は苦しんでいるかもしれない。

自分は伊織のことを誰よりもわかっていると、思い上がっていた。

けれど自分は、伊織の今の気持ちをちっともわかってやれない。

今の自分があるのは、嘘偽《うそいつわ》りなしに伊織のおかげだ。伊織がいなければ、自分はもっと己を出せず暗いままだったろう。クラスでも伊織が引っ張ってくれたから、色んな人と仲よくなれた。

自分と、ずっと友達でいたいと言ってくれたはずの伊織。

好きな男を取り合ったぐらいで友情は壊れないと言ってくれたはずの伊織。

どこまでが正しくて、どこからが間違いなのか。

それとも、実は、かつて正しかったけれど今はもう違う、という話なのか。

だったら、悲しい。とても、悲しい。

伊織の存在が、どれだけ自分の中で大きかったか思い知る。

こんな後戻りできない状況になってから、本当の気持ちに気づく。いつもそうだ。

だから、大切なものを傷つけてしまう。

悔《く》やんでも悔やみ切れない。贖罪《しょくざい》ができないか。どうにかして元に戻せないか。

そうだ、自分が太一を諦めて、伊織と太一が近づいている、それを自分が眺めている
あの時に戻れば……そんな、絶対に考えてはならない妄想《もうそう》すら思い浮かべてしまう。

がちゃりと、部室の扉が開いた。

稲葉の心臓が大きく跳ねる。

来てくれた。

ちゃんと伊織は、文研部の部長は、部活発表会の準備のために——。

「おーっす、頑張ってるかお前ら」

顔を覗かせたのは、一年三組担任兼、文化研究部《ぶんかけんきゅうぶ》顧問《こもん》、後藤龍善《ごとうりゅうぜん》だった。

一瞬別の意味で肝《きも》が冷えたが、目はちゃんと開いているし、度を越えた全身の気怠《けだる》さも見えない。あの後藤の体が大好きなクソ野郎ではなく、普通に後藤だった。

それでも、望んだ人物でないのに変わりはないが。

「あ、ああごっさんか。……よかった」

唯が安堵《あんど》の声を漏《も》らす。

「なんだ桐山？　お前俺が来たのがそんなに嬉《うれ》しいのか、可愛《かわい》い奴だな」

「か、可愛い……。えへっ、可愛いなんてそんな……あれ？　ごっさんに言われてもあんまり嬉しくないいな。ハゲてるからかな？」

「おいおいどう考えてもハゲは関係ないだろ……ってか俺はハゲてない！　人よりちょびっとデコが広いだけだっ！　わかってんのかオイコラ！」

キレる後藤など初めて見た。ハゲはタブーだったらしい。嫌がらせに使えるワード（後藤用）にメモしておこう。……なんて、アホなことを考える余裕が出ている。なんだかバカを見ていると、悩みを少し忘れられる。対外モードのスイッチもオンだ。

「おい、稲葉。もしかして今……俺をバカにしたこと考えてなかったか？」

「とっとと帰れ」

「罵倒《ばとう》の確認をしたら罵倒が!?」

「というか、ごっさんが部室に来るのって珍《めずら》しくないか？」

太一が言うと、唯と青木が口々に続いた。

「よく考えたら初めてじゃない!?」

「奇跡だ！」

「顧問としてあるまじきことだな」

稲葉も呆《あき》れて呟《つぶや》く。

「なにをバカな、ちゃんと一回くらいはあったぞ。凄《すご》いだろ？」

「威張《いば》って言うんじゃねえよ！」

「で、結局なにしに来たのごっさん？」

青木が訊《き》く。

「おっと、そうそう。……ほらっ」

後藤が机の上に置いたのは、缶ジュースが五本入ったビニール袋だった。

「お前ら頑張ってるらしいし、差し入れだ」

おお、と皆から歓声が上がる。

「まあ、なんだ。部活発表会でジャズバンド部に勝つのは難しいかもしれんが」

真面目《まじめ》な、教師らしいトーンだ。ていうかやっぱ難しいと思ってるのかよ。

「でも俺はお前らのことを、結構応援してるぞ。頑張ってるのは、案外伝わるもんだ。そして頑張っている奴らは、誰かが助けてくれる」

頑張っているのは、伝わる。

頑張れば、誰かが助けてくれる。

どちらも、とても大切なことだと思った。

「ごっさんって……教師だったんだねー」

唯がさも感心したように言う。

「たまにあるんだよなぁ……」「オレ的にはごっさんの教師シーン初めて見るかも」

太一と青木も同様に感じ入っている。

「お前ら俺をなんだと思って……ああ、なるほど。格好《かっこう》いい憧れのお兄さん的に見てる訳だな。照れるなー」

「お前のプラス思考すげえよな！」

稲葉はつっこみながら、今、一人じゃなくてみんなといれてよかったなと感じた。

「ん？　てかなーんか物足りないと思ったら、永瀬がいないじゃないか。トイレにでも行ってるのか？」


【寒いな、今日も】

伊織からの『感情伝導』。

ここに伊織がいれば、完璧なのに。

□■□■□

週が明けて、月曜日の学校。稲葉はいつもより早く教室に到着していた。

水曜日から金曜日にかけて行われるテストは目前に迫っている。範囲も広く、いい加減本格的に取り組まなければならないと稲葉も承知しているのだが、テスト勉強は全くはかどってくれない。酷《ひど》い点数を取るまではいかずとも、順位を落とす危険が大アリだ。

三分の二ほどの生徒が登校済みの教室は、朝らしい多少ゆったりとしたざわめきに満ちている。

「お前昨日何時間勉強やったよ?」「……全然。だって……いっつも部活部活でたまの休みじゃん……。遊びたくなっちゃうじゃん……」「えー、まだ問題集終わってないの? 昨日のうちに終わらすって言ってたのに」「その計画が狂ったのはあんたが電話かけてきて喋《しゃべ》り込んじゃったせいだ!」

あちらこちらで勉強の話題が咲いている。テスト前お馴染《なじ》みの光景《こうけい》だ。

しかし教室中がテストの話題一色になっているかと言えばそうでもなくて、

「渡瀬《わたせ》、お前の『バレンタインにチョコを貰った訳じゃないけどホワイトデーに藤島《ふじしま》さんにプレゼントをあげてデートに誘っちゃう作戦』どうなったよ?」「しっ、声がでかいぞ。……それはな、どうも藤島さんその日は『チョコを貰ったのに勇気を出して勝負をかけられない男子のケツを引っ叩く』という重要なミッションがあるらしく……」

なんてバカな会話が聞こえたり、

「昨日の夜さー、偶然犬の散歩してる藤島さんに会っちゃってさ。ブルドッグなんだけどすっごく可愛くてー」「……えー、あたしブルドッグってあんまり可愛いと思わないんだけど――」「聞き捨てならないわねその意見っっっ！」「「ふ、藤島さんっ⁉」」などという女子の会話が聞こえたりもする（それにしても人気あるな藤島麻衣子《まいこ》）。

【遅刻遅刻！　ダッシュダッシュダッシュダッシュ！　でも信号は守ーる！】


青木の心の声だ。

焦《あせ》りの感情まで伝わってくるのが鬱陶《うっとう》しい。心底邪魔だ。

そして耳をそばだてていると、

「……わたしは前からさ、伊織って天然っていうかいい子としてでき過ぎって感じだし、そのクセ翳《かげ》あるし、あのキャラ狙ってるんじゃないかって思ってたんだ……」

「……元気印《じるし》の美少女天然のいい子ちゃんなんて……普通いないよね……」

「……猫被って男騙《だま》してるとかの噂《うわさ》もさ、今の態度だと本当かもって思えるね……」

という会話を捕捉《ほそく》する……捕捉してしまう。

と、伊織の話をしていた女子の一人と目が合った。稲葉は慌てて視線を前方に向け、さっさと自分の席に戻る。教室の会話を聞いて回るため、用もないのに取りに行った辞書を机の上で開く。

伊織に対する風当たりの強さは、変わらずにじわじわと広がり続けている。

劇的《げきてき》にではないが、その分着実に、染みつくように浸透《しんとう》していた。

果たして伊織は元のポジションに戻ってくることができるのか。

もう戻ってこれないなんてことは、認めたくない。しかし、自分にできることは見当たらない。

無力さを、痛いくらいに噛《か》み締める。

なにが情報収集・情報分析が趣味、だ。

なにが事態の完全掌握《かんぜんしょうあく》が信条——。

「みんな、聞いてくれ！」

室内に響く耳慣れた声に、稲葉は顔を上げる。

教卓の前に、八重樫《やえがし》太一が立っていた。

今から戦いに臨《のぞ》むんだと言わんばかりの、覚悟に満ちた表情だ。

自分は幾度《いくど》か、似たような太一の表情を見た記憶がある。

なぜだろう、期待を感じるよりも……激しく嫌な予感がした。

そういえば今朝唯から「太一がなにか企んでそうな『感情伝導』があったから注意して」とメールが届いていた。もっと注意しておくべきだったか。

まだ皆が登校し切っていない教室に、太一の声はよく響き渡った。

初めは渡瀬が「どうしたんだよ八重樫ー」などと野次《やじ》っていたが、太一のただならぬ雰囲気《ふんいき》に、皆も静かになっていった。

「後で、改めてみんなの前で話すつもりなんだが、一度先に言っておきたい」

なにをしでかす気だ、あいつは。

「みんなも知っていると思うけど、ここ最近永瀬の様子がおかしい。それに、永瀬に関する妙な噂が流れている」

大方《おおかた》予測はついていたが、やはりそこか。

稲葉は室内を見渡す。伊織はまだ登校していない。

「噂っていうか事実だと思うけどねー！」

教室の真ん中から大きな声が上がる。

声の主は、瀬戸内薫《せとうちかおる》。伊織への反感を誘う噂を流し、先頭で煽っているらしいちょい不良女だ。

太一が瀬戸内を見る。

お互い睨み合ったまま、数秒の沈黙《ちんもく》があった。

それから太一は視線を逸らし、教室全体を見回しながら口を開く。

「俺も噂の全てを把握《はあく》している訳じゃないから、どんな話をみんなが聞いているかわからない。けど一つ言っておきたいのは、安易《あんい》に噂を信じないで欲しいということだ」

「そんなの個人の勝手だと思うけどぉ？」

瀬戸内が高圧的な態度で言う。

「そう、その通りだ。だからみんな、噂が本当かどうか自分で判断して欲しいんだ」

太一は動じずに切り返す。一度覚悟を決めた後の肝の据わり具合は、目を見張るものがある。流石《さすが》だ。

ざわざわと、近隣の者同士が言葉を交わす。太一の演説が始まってから登校した者が「え、なにこれ？」と周りに状況説明を求めている。

太一の言葉で、明らかに皆の空気が変わりつつある。元々皆、伊織を嫌っている訳ではないのだ。一年を共にしてきた仲間でもあるのだから、心情的には『伊織はいい奴』という結論に落ち着きたいに決まっている。

それはもちろん、稲葉にもわかり切っていたことだった。

だから本当は、太一ではなく自分があそこに立っていてもよいのだ。

でも、自分はそうしなかったし、そうしていない。

失敗すれば己が反発を受けかねないリスクに、怯《おび》えていたのだ。

自分はクラス内でも不遜《ふそん》なキャラで売っている。歯《は》に衣着《きぬき》せぬもの言いもする。しかしその分慎重《しんちょう》に、敵を作る状況だけは回避してきた。

学校は時と場合によっては残酷《ざんこく》な場所に変貌《へんぼう》し、一点の感情のもつれによって皆を敵に回すこともある。だから恐い。それは、太一だってわかっているはずなのに。

それでも太一は、今教卓の前にいる。

誰のために？

自身をフった、永瀬伊織のためだ。

「……でも全部ひっくるめて、今の永瀬の態度を見れば、一目瞭然《いちもくりょうぜん》じゃない？」

瀬戸内が口にするとまた風向きが変わった。稲葉は肌でそれを感じた。「だよなぁ……」「あれはなぁ……」「……キャラ変わり過ぎだし」そんな声が漏れ聞こえる。

そうだ、結局はそこに、自分が最終的に踏み出せなかった最大の理由があったのだ。

自分だって、伊織がなにもしていないのに妙な噂を流されていたら、真っ向から否定しにいっただろう。

でも今の伊織は、やたらと周囲に冷たい。心を閉ざす。まるで自ら、自分に関する噂を肯定《こうてい》したいかのようなのだ。

いくら周囲が言っても、本人があの様子で、否定する態度も見せないとなればどうにもならない。

「それにも、理由がある」

理由がある？　いつの間に太一はその理由とやらを摑《つか》んだのだろうか。

「へえ？　なに？」

挑発を孕《はら》んだ声で瀬戸内が尋《たず》ねる。

「実は……」

太一が言葉を止めて唇《くちびる》を嚙み締める。緊張度の上昇が聴く方にも伝わってくる。クラス中の空気が張り詰めていく。いったいどんな深刻な理由が語られるのか——。

「俺は……俺は永瀬が好きだった！」

トツゼンナニヲイイダシテイルンダコイツハ。

周りの皆も、ぽかん、だ。

しかし構わずに太一は続ける。

「だから俺は永瀬に迫った。何回も迫った。こう……すっごい迫った。口では言いにくい感じに迫った」

……そんな話いつあったのだろうか。

太一の演説《えんぜつ》を止める者はいない。

「そして正直……やり過ぎた。かなりやり過ぎた。とってもやり過ぎた」

拳を握り、太一は力強く言う。

「もう……びっくりするぐらいやり過ぎてしまった！」

周囲の女子が引き始めている。男子の誰かが「あいつどこの勇者だよ……」と呟いている。

「そして俺がやり過ぎたせいで……永瀬は人間不信っぽくなってしまったんだ！」

いなばひめこはまえまえからこのおとこはばかなんじゃないかとずっとおもっていましたがきょうあらためてかくしんしました。このおとこはばかです。おおばかやろうです。ふぁっくゆー。

……はっ。我知らず思考レベルが幼児化するほど呆れてしまった。

クラスの皆の前で、大声で、もの凄く堂々と、この男は、なにを言ってるんだろうか。

「つまり今永瀬があんな感じになっている元凶は全て俺にある訳で、永瀬はちっとも悪くない！」

【嘘だけどな！】

【だろうな！】

太一からの『感情伝導』に稲葉も『感情伝導』で返すことに成功した。なにこれ？

「それってつまり……」「これが本当だとすると……」「洒落《しゃれ》になってない気が……」

教室中がざわめく。そのざわめきがどんどん大きくなっていく。当たり前だ。

「それってもしや襲っちゃ……むふっ⁉」「そ、それ以上は口にしちゃダメよ！」

ざわめきはとてつもなく大きく、うねりのようになっていく。

「い……いやいや、いくらなんでも襲うなんてことは……」

教室内のうねりが巨濤《きょとう》に達する勢いになり、さしもの太一も焦《あせ》り始めた。

「あ、もしもしお父さん。どうも私のクラスに犯罪者がいるみたいだから何人か寄越して欲しいんだけど」

藤島が警察のお偉いさんをやっているという父親に電話をかけていた。

「あれ？　いや、だから法に抵触《ていしょく》するようなことは……お、どうしたんだ稲葉？」

気づけば稲葉は、立ち上がって太一の目の前まで歩いていた。

「ちっとは行動の結果を考えてから動けバカ野郎っっっっっっ！」

「ごほぉっ!?」

稲葉は渾身《こんしん》のボディーブローを打ち込んでから、太一を部室へと引きずっていった。

□■□■□

運よく自習だったので稲葉は一時間目をサボることに決定。もちろん太一にも強制だ。

授業が始まる前に出席確認を行いに来た教師には「腹痛の奴がいるので保健室に行く」と誤魔化《ごまか》し（あながち嘘でもない）、クラスの皆にも「八重樫太一の発言はほとんど妄言《もうげん》だから信じないように。後で説明し直すから」と言い残しておいた（藤島も説得して即時連行だけは勘弁《かんべん》して貰った）。

「稲葉さん……床が非常に冷たいのですが」

「黙ってろ」

現在稲葉は椅子《いす》に腰かけ、部室の床に正座させた太一を見下ろしている。

「さて、じゃあ聞こうか。あれはなんの真似だ？」

怒りに震えながら稲葉は問う。

「……」

しかし太一はじっと押し黙っている。

「……おい、なんで黙ってるんだよ。早く答えろよ」

「え……、さっき稲葉が『黙ってろ』って言ったから……」

「小学生みたいな屁理屈《へりくつ》こねてんじゃねえよ！　バカか!?　お前はバカなのか!?」

「い、いや、稲葉のことだから、俺を無抵抗状態にして延々言葉責めし続けるぐらいするのかな、と」

「アタシはそんなプレイしねえよっ！」

「……しないのか」

「なんでちょっと残念そうなんだよ!?」

それはお前の願望《がんぼう》か！　ならばいずれは応えてやらんこともないが！　話が逸《そ》れた！

稲葉は溜息《ためいき》を吐《つ》いて一旦間を取った。

「で、さっき教室でしでかしたことはなんなんだ？」

「……おい、一応言っておくがさっきのはほっとしただけで残念がった訳ではないぞ」

「わかったからさっさと弁明《べんめい》をしろ」

しかしもうお前はドMと見なした。今日からドSの知識を身につけなくっちゃ！

……。

ごほん、と咳払いして稲葉は真面目モードに頭を切り替える。

「ええと、永瀬に関する変な噂の影響を弱めたくて……」

「前半の発言はいいんだ。噂を安易に信じるな、って。全く間違ったことじゃない。……むしろ、今まで放置していたアタシが責められるべきだ。だが問題は後半だ。なんだあの嘘の理由は」

「永瀬への誤解を解きたかったんだが、あの永瀬の態度はどうしようもないと思って」

「そこはわかる」

「なにか外部要因があって永瀬がああなったとなれば、周りからの風当たりは強くならないんじゃないかと」

「そこもわかる」

「〈ふうせんかずら〉の話をする訳にもいかないから、じゃあそれっぽい外部要因を捏《ねっ》造《ぞう》すればいいんだと考えて」

「論理的思考だな」

「思いついたのが、俺が言い寄り過ぎて云々《うんぬん》という……」

「なんでそこでそうなるんだよ。なんでお前が泥を被るんだよ」

壮絶な勢いで太一の株が下がったことだろう。なにをしている。

「他にいいのが浮かばなかったんだ。少し不謹慎《ふきんしん》だが身内に不幸があったみたいな案も考えてみたけど……、永瀬が否定すればそれまでだろ？　でも『俺が迫って』って話なら、永瀬本人が違うって言っても、否定の効果は薄いだろうし」

なるほど一応筋は通っているらしい。

「しかしあれは不味《まず》いだろ……。お前が襲いかかったという話だと伊織にも酷いダメージが……」

「そこだけは抗議させてくれ！　俺は『襲った』なんて一回も口にしてないし、そういう意味で言ったんでもないんだ！」

「まあお前の性格からしてそうだろうな。ただ言い方が悪い」

でも俺のせいだって納得して貰うには強調する必要があって……、と太一は落ち込んだ顔で呟く。

この男は自分が誤解されたことに関して気落ちしてもいるだろう。しかしそれ以上に、他人にダメージがいったことを嘆《なげ》いている。それがわかる。その相変わらずの自己犠牲精神が死ぬほど腹立たしくもあり、死ぬほど愛《いと》しくもあった。

「しかし『襲った』と勘違いされたのは計算外でも、元からお前は非難されるつもりだったんだよな？　それは矛先《ほこさき》の向く対象が変わるだけで、解決になってないとは思わないか？」

他人の痛みを自分が背負いたかっただけだ、などと言ったらぶん殴ってやろう。

「……今永瀬が『ああ』なのは、『感情伝導』によるところも大きいけど、例の噂とみんなからの風当たりの強さの影響もある気がするんだ。どちらか一方がなくなれば、永瀬の復活も早まるかな、と。俺は幸いにも『感情伝導』でそこまで追い込まれていないから、永瀬の問題の一方を受ける余裕はあるとも思ったし……」

……微妙なラインだがギリギリ合理性はあると認めよう。命拾いしたな！

「それに、全部終わった後、みんなに事情を話せば挽回《ばんかい》できるかな、って」

相当な自信だな、オイ。

心配性で他人を完璧には信じ切れない自分には、到底持ち得ない自信だ。

「……後で訂正するのを手伝ってやるよ。しかし、鳴りを潜めているのかと安心していたら久々に突っ走りやがったな」

「桐山に『前はもっと、ガンガン攻めてた』って言われて、その気持ちも大事だなと、思い直して……」

唯のアホンダラ。後でお説教だ。

「き、桐山は全然悪くないからな」

「ん？　今アタシ『感情伝導』してないよな？」

随分残虐《ざんぎゃく》な顔をしてしまったようだ。自重自重。

「ともかくもこれからはっ、今回みたいなアホな真似をしようと思ったらっ、まずアタシに相談しろ！　わかったな！　……本当にわかったな！」

バカな男のために稲葉は念を押す。

「はい……」

神妙な面持ちで太一は返事をした。しっかり反省しているようだ。一旦は許そう。

「ところでだけど」と稲葉は改めて話しかける。

「なんだ?」

「お前いつまでこのクソ寒い中冷たい床に正座してるんだ?」

「やめていいんならやめていいって言ってくれよ!」

なんて従順《じゅうじゅん》な男だ。

我知らず妙な性癖《せいへき》に目覚め……ない目覚めない目覚めないっ!

□■□■□

「——ということで、こいつの演説は伊織への反感を逸らしたいがための出任せだったんだ」

稲葉が言う隣で、太一が頭を下げる。

「嘘をついて変な勘違《かんちが》いをさせて、すいませんでした。あの話は忘れてくれると嬉しいです」

稲葉が発案し実行しているのは、クラスメイト一人一人に誠心誠意説明して理解を得るというシンプルな作戦だ。

「……じゃあ伊織が機嫌悪いというか、無愛想《ぶあいそう》なのはなんでなの?」

話を聞いていた女子二人の内の一人が尋ねてくる。

「それは今アタシからは話せない。……そのクセ都合のいいことを言うが、どうか伊織は悪い奴じゃないと信じていて欲しい。ちゃんとわかる日がくるから、それまでは」

稲葉に続き、太一も発言する。

「あんな真似をしてまでかばいたい、その価値がある奴だ、と俺達が思ってることが、信用を補強する材料になってくれたら嬉しい」

稲葉達が話し終えると、女子二人はお互いの顔を見合わせた。

それから、表情を緩《ゆる》めて言ってくれる。

「んー、やっぱそうだよねー。八重樫君そんなことする子じゃないもんね」

「わたしも嘘だって聞いて安心したよ。幻滅《げんめつ》しなくてよかった！」

劇的な方法でもなんでもない、ただ愚直《ぐちょく》でひたむきなやり方は、気持ちいいくらいに効果があった。

「伊織に関してはよくわからないけど……、事情があるってのは了解。あたし達は温かく見守ってあげてればいいのかな？」

「八重樫君と稲葉さんがそこまで言うならね。まー、伊織も悪い奴じゃないのは知ってるし」

好感触な態度に、稲葉は胸を撫《な》で下ろす。

更にしばらく会話した後「じゃあねー」と二人が教室を出ていった。

これで一通り全員への説明が終了。伊織や瀬戸内本人の耳に直接入ると好ましくないと判断し、こそこそと個別に行ったため時間を食ってしまったが、放課後になる頃には完了させられた。

今日の太一のバカな演説と、その後の稲葉と太一による地道な説明活動のおかげで、クラスの伊織に対する空気を随分《ずいぶん》変えることができた。たぶんの話になるが、太一の演説がなくとも、二人が今日やった皆へのお願いだけでも十分だっただろう。

それはあまりにも簡単な行為《こうい》で、今にして思えばなぜ初めからこうしなかったのかと疑問を抱《いだ》くほどだ。

しかしその簡単な行為がなかなかできなかった理由も、稲葉はわかっている。

一歩目を踏み出すには、勇気が要るのだ。

踏み出してしまえば易々《やすやす》とできる行為である。たとえそう予想できても、成功の確証がなくリスクも伴《ともな》うとなれば、一歩目を踏み出すのは難しい。

特に自分なんかの場合は、可能性が低い極端な失敗——今回で言えば自分もクラスの反感を買ってしまう可能性——を思い浮かべてしまうから余計に難しい。

この男は、その一歩目を踏み出す勇気を持っている。

一度踏み出すと決めると、その一歩が慎重さの欠片《かけら》もない大股の一歩になるのは玉《たま》に瑕《きず》だが。

「……しかし初めから個別に頼んでいく方がよかったよな」

太一も自分で理解しているようだ。

「だから次はアタシにまず相談だぞ」

「はい……。はぁ、やっぱり俺はなにもできないな……。稲葉の助けがなければ大変なことになっていたし……」

教卓の前で大演説をかました威勢《いせい》のよさも今はない。

「でも、お前が一歩目を踏み出してくれたから、アタシも動くことができた。二人だったからこそ……」

喋っていて稲葉は気づく。

太一の突っ走りと自身の慎重さのコンビネーション。

これは案外、悪くない組み合わせではないだろうか。

互いに足りない部分を補い合い、互いの足りる部分を生かし合えたなら。

自分にだって、もっと色んなことができるのではないだろうか。

人と人が繋がるのには、そういう意味もあるのかなと稲葉は少し思った。

「最近いい雰囲気のお二人さん」

「ぬおっ!?」「うおっ!?」

背後から浴《あ》びせられた声に驚き振り返ると、一年三組学級委員長、藤島麻衣子がいた。

「今日はご苦労様。いい仕事したみたいね。どうなることかと心配していたけど、流石稲葉さんと八重樫君」

メガネを指でくいと持ち上げながら、ねぎらいの言葉をかけてくる。

「藤島……そういやお前なんで動かなかったんだ？　伊織を中心にクラスの雰囲気が悪

くなっていたことは当然承知してただろ？　真っ先に動きそうなものを……」

稲葉は尋ねる。少しおかしいな、とは前々から感じていたのだ。

「結構悩んだんだけどね。あんまりにも私がお節介《せっかい》するのはどうかと思ったのよ。静かに、学級委員長としてみんなの成長を待ってあげるべきなんじゃないかって」

「……なんで子を見守る親視点なんだよ」

太一がぼそりと呟いた。

「個人の自己成長の機会を奪わず、皆を導く……これからの私の重要な課題ね」

「お前はどこを目指してるんだよ」

稲葉もつっこんでしまう。

「まあ私もここまで大ごとになるとは思わなくてね。今更だけど、私の力必要？」

問われ、太一が稲葉の顔を窺《うかが》ってくる。

少しだけ迷ってから稲葉は、

「いらねーよ」

と答えた。


【アタシら二人にできないことがあるかよ】

「……結構あると思うぞ」

隣で呟いた空気の読めない真面目男を稲葉は蹴り飛ばしておいた。

テスト前で部活動禁止のため閑散《かんさん》としている運動場を、稲葉と太一は並んで歩く。

不意に思い出して稲葉は口を開いた。

「そういえばお前、人の痛みを感じ過ぎて苦しんでたけど、こういう風に痛みが直接伝わってきても大丈夫なのか？」

「……痛みがそれだけだってわかるから大丈夫だ。自分で引き受けたら痛みの程度がわかるからって、俺は稲葉達が言う『自己犠牲野郎』をしていた訳で……」

その意味では、太一にとって『感情伝導』は、好ましいものなのかもしれない。

「そうか。後なに勝手に『していた』って過去形にしている。お前は今もだ」

せっかく弱まりつつあった太一の自己犠牲心を蘇《よみがえ》らせてるんじゃねえぞ〈ふうせんかずら〉。

「本当にお前は、アタシみたいなのが見てておかないとどうしようもないな」

「はは、かもな。こっちからお願いしなきゃな」

「お、おお」

少ししてから稲葉は自分の発言に赤面した。なんか今のは凄く……カップルぽかった。

狙ってなかったので恥ずかしい。

そして、稲葉はふと思い至る。

勘違いかもしれない。思い上がりかもしれない。願望を表した妄想かもしれない。自分勝手な独善解釈《どくぜんかいしゃく》かもしれない。

でも、もしかしたら。

太一も、自分を、必要としてくれている。

自分が太一を必要としているのと、同じように。

そんな気がほんの少し、した。

確かに自分は太一のことが好きで、でも太一は一度伊織を選んだからどうしたらいいかわからなくなって、ずっと悩んでいたけれど、もしかしたら本当に、二人で寄り添う行為が客観的にもよいことであって、二人が一緒にいることがただ自分の欲求を満たすだけでなく、太一にもメリットがあるとなれば――。


【好きになるって、付き合うってなんなんだろうな】


「うおおおお!?」

太一から聞こえてきた『感情伝導』に稲葉は叫び声を上げた。周りの視線が痛かった。

「い、いや……。今のはそのちょっと考え事を……」

太一も慌てて釈明《しゃくめい》をしようとしている。

ドキドキと、心音が高鳴る。

いつも以上に、ドキドキと。

もしかして、『感情伝導』があったから太一のドキドキも感じている？

ドキドキが伝わって、感情が交じり合って、訳がわからなくなってきて。


【永瀬には要らないと言われたも同然だけど、俺は稲葉には必要とされているのか？】


「ほ、ほうっ!?」

今度は奇声《きせい》を上げてしまった。周りの視線が凄く痛かった。逃げたい。

「くっ……またって！　『感情伝導』頻発《ひんぱつ》ゾーンにでも入ったのかよ!?」

「ど、どうなんだろうな、はは……」

平静を装《よそお》って稲葉は答える。

と、そういえば太一の質問に返答しなければ。

「アタシはお前が……必要だぞ？」

優しく、どこか気弱な声色《こわいろ》になっていた。

「え……？　ああ……ありがとう」

顔を赤くした太一は照れたように目を逸らす。

……今自分は、大分と恥ずかしい感じになってはいないだろうか。

『アタシはお前が……必要だぞ？』なんて……。

……なんて。

…………なんて。

…………………めちゃ恥ずっ!

頬《ほお》が熱い。やけどしそう。酷く真っ赤になっているのではないか。恥ずかしい。首を縮《ちぢ》めてマフラーの中に顔を隠そうと試《こころ》みる。隠し切れない。泣きたい。

なんだか……恥ずかしさのあまり感覚が麻痺《まひ》してきた。

もう恥ずかしいついでだみたいな思考になっている。やめておいた方がいい。遠くで冷静な自分が言っている。でも無視だ。無視無視無視。聞いちゃえ。聞きたい。今自分が聞きたいから聞いちゃえ。

顔の下半分を埋めたマフラーに指をつっこむ。

声が出しやすいように口の部分を押し下げた。

「アタシはお前にとって……必要か?」

言い終えた後、雑音も自分の心音さえも聞こえなくなって世界が静寂《せいじゃく》に包まれた。

今、自分はもの凄いことを尋ねなかったか?

他人にとってどうかは知らない。だが自分にとってはとてつもなく重大だ。

必要か、だなんて。

好きか、より重くないか?

必要ないと断じられてしまったら、自分は、どうしたらいいのだ。

太一が言葉を紡《つむ》ぐ。

「それはもちろん……、必要だよ」

息が止まった。

頭が真っ白になる。

それから、やっと言葉の意味を飲み下す。

ああ、死ぬほど嬉しいじゃねえかバカ野郎。

□■□■□

往来《おうらい》でなにをやっているのだと正気に戻った二人は、そそくさと帰路《きろ》に就き別れた。

確認したところ、太一の『感情伝導』のいくつかは唯と青木にも届いてしまったらしい。伊織には『感情伝導』しないでよかった。

——永瀬伊織。

クラスメイトで、同じ部活動に所属して、高校生になってから一番一緒に過ごしてきた時間の長い、大切な友達。

自分は、永瀬伊織を誰よりもわかっているつもりだった。

けどそれは、本当に『つもり』になっているだけだった。

認めよう。誤魔化せないその事実を本当の意味で認めよう。

そして、そこに立って、次に踏み出すべき一歩を考えよう。

その覚悟がなかったから伊織に向かっていった時も中途半端《ちゅうとはんぱ》な態度で、結局跳ね返され、相手を傷つけた。情けない。

そして、太一を見ていて、大切なことを思い出した。

自分は何度もその恩恵《おんけい》を受けているのに、忘れていたとはこれまた情けない。

いやただ、覚悟がなかっただけか。

全く。

自分が全てをさらけ出している訳でもないのに、相手に全てをさらけ出せとはよくもまあ言ったもんだ。

相手に身を切れと言うならば、まずはこちらが身を切らなければならない。

当たり前に当たり前のことだ。

さて、これは自分が口を酸《す》っぱくして太一に注意している自己犠牲なのだろうか？

そんなもん、知ったこっちゃなかった。

今の自分は、なんだってできる気がする。どんなことだってやってやろうと思える。

大好きな人に肯定して貰えて、全身から力が漲《みなぎ》ってくる。いやはや悪くない感覚だ。

自分は誰だ？

やると決めたら絶対にやる、どんなに分が悪くても決して諦めない、負けを認めない、傲岸不遜《ごうがんふそん》、慇懃無礼《いんぎんぶれい》、人を操り自分に利する、なにを利用しても有言実行の、稲葉姫子だろうが。

昔——自分のことが嫌いで嫌いで堪《たま》らなかった時に、大切な友人が投げかけてくれた言葉だ。今でも、大事に胸の奥にしまってある。

なにを弱気になっている。

あの瞬間、あの時の、あの心からの言葉が、嘘だと言うのか？

そんな訳、あるか。

自分にできるのは、伊織が言ってくれた通りの自分を、稲葉姫子を貫くこと。

それが、永瀬伊織を信じることになる。

最近はどうも恋する乙女《おとめ》モードばかりで、こ、こっ、ちモードの自分で本領《ほんりょう》を発揮《はっき》する機会も少なかった。

いい加減、そろそろ活躍し直してもいい頃合いだろう。

あいつのおかげで今の自分があるから。

どうあったって、永瀬伊織は自分の大切な友達だから。

策の発動は……そうだな。学年末テスト終了後の金曜日がいいか。

それまでどうか、この考えが『感情伝導』しませんように。

いや、違うな。

「『感情伝導』させるんじゃねえぞ〈ふうせんかずら〉。そっちの方が絶対に面白いものが見られるからよ。……で、どうだ？」

不敵に笑い、稲葉は自分を『観察』しているのであろう〈ふうせんかずら〉に告げた。

＋＋＋

「瀬戸内さんが呼んでるって……」

クラスメイトの中山真理子《なかやままりこ》が言った。

「そう」

返事をして席を立つ。

教室の出入り口のところには、瀬戸内薫と、他クラス女子のお仲間さん二名がいた。柄《がら》が悪いと、評判の奴らだ。

「大丈夫？」

中山が心配そうな目で尋ねてくる。

「大丈夫」

「あの……伊織？」

少し怯《おび》えの入った問いかけだった。

「伊織が瀬戸内さんと揉《も》めて、それで、彼女達に対して恐い態度になるのはさ、まだわかるんだけど。……どうしてわたし達にまで冷たくするの？」

どうして、だろう。これじゃダメだとわかっている。でもこれまで通りはあり得ない。

「別に……普通だよ」

言いながら思う。普通じゃ、ないだろ。普通で……でも自分は普通じゃないから。

「稲葉さん達も事情があるって言ってたし、わたしもそうだと思ってるけど……」

「そうなんだ」

中山の視線から顔を逸らし、歩き出す。

「……わたしには伊織がわからないよ」

自分にもわからない。


「いい加減反省した？」

瀬戸内がやたらと偉そうに見下げてくる。仲間二人を後ろに控えさせなきゃ向かってこられない臆病者《おくびょうもの》のクセに、と心の中で毒づく。黒さが自分を支配している。

「反省することなんてないし」

実際問題、瀬戸内が好きだった城山翔斗《しろやましょうと》をフったからという理由で絡まれてとばっちりもいいところ……なのだけれど、もし殊勝《しゅしょう》な態度を取れば、事態は悪化せず済んでいたはずだ。なぜ今になっても、自分は余計な真似をしているのか。

どうも、瀬戸内には感じるものがあるのだ。なにか、自分に関係のあるものが……。

「あんた本っ当に調子乗ってるね……！」

瀬戸内がすごんでくる。

「八重樫に勝手なこと言わせるし。あれもあんたが八重樫を騙《だま》して、させたことなんでしょ？」

「……それ、なんの話？」

そういえば中山もなにか言っていた。太一達が動いてくれているのか。自分は、そんな価値のある人間じゃないのに。期待になんて、応えられない人間なのに。

はんっ、と瀬戸内は笑う。

「ふーん、白《しら》を切るんだ……。まあ、別にいいけど。……でも、もうあんたの化けの皮も剝《は》がれてるね。いい子ちゃん振るのは諦めたの？」

後ろの女子二人はあざけるようにニヤニヤとしている。

むかついたので、突いてやろうと思った。

「それよりさ、そっちは最終的にどうしたいの？　なにが目的なの？」

非生産的な行為《こうい》やってなにが楽しいの、という意味合いを言外《げんがい》に込める。

伊織が尋ねると、薄暗い笑いを浮かべていた瀬戸内が笑みを消す。後ろの二人はそのままだったが。

「……答える必要ないし」

と律儀《りちぎ》に瀬戸内は答える。やっぱり建設的《けんせつてき》な目的なんてないのだろう。

「……というか、あんたが入ってる部活、文化研究……なんとかだっけ？　そこが、ジャズバンド部と顧問を巡って争ってるらしいじゃん。部活発表会で勝負するって」

部長なのにほったらかしだった。最低。けれど今はそれを隅《すみ》に追いやって。

「それが？」

「ジャズバンド部に勝ち、譲《ゆず》りなよ」

そうきたか。

「あんたらの部活って遊びみたいなもんでしょ？　先生同士の恋愛追っかけてスクープ記事だって言ったり」

文化祭に載せた稲葉の記事のことだ。

「そんな奴らにさ、どうして真面目に活動しているジャズバンド部が邪魔されないといけないワケ？」

「瀬戸内さんジャズバンド部じゃないじゃん」

「うるさい」

「城山君がいる部だから？」

「……るさいっ！」

煽り過ぎ、自分。もっと別の対応があるだろ。普通じゃない。

瀬戸内の顔が赤くなる。

「とにかく邪魔すんなって言ってんだよ」

脅《おど》し口調はあまり使い慣れていない気がした。その分恐さは半減。だから余裕を持っていられる。

「今頑張ってるのはわたし以外だから、わたしに言ったってどうにもならないよ」

「内から工作しろってこと」

「なんのメリットがあって……」

「あんた自分の立場わかってる?」

「わかってない」

「こいつ……!」

てゆーか。

【気づいたかも。瀬戸内薫に。自分の他人を見破る能力もまだ捨てたものじゃないか】

意味のわからないであろう『感情伝導』が、自分から唯と青木に飛んでしまった。

その時、瀬戸内の後ろにいた女子の一人が声を上げた。

「つーかぁ……アタシもむかついてきたな、コイツに。ちょっと思い知らせてやった方がいいね、マジな話」

ニヤニヤと下衆《げす》な笑いを浮かべている。隣のもう一人の女子も「あたしもぉ」と同調する。

一人が瀬戸内に耳打ちをする。

「例えば……に……を……やらせるとか」

「え……？　それ……やり過ぎ……」

瀬戸内は戸惑った様子だ。

ああ、やっぱり、瀬戸内は。

「大丈夫。あいつらは……せてやるって言えばなんでも……」

「……そ、そうね。それいいわね。……あんたが悪いのよ」

暗く笑い、瀬戸内が振り返って歩いていく。女二人も続いて去っていった。

「なにを企《たくら》んで……」

一人残され、呟く。

嫌な、予感がした。

足から震えが上ってきた。

急に恐くなった。

なにをやっているんだ。今の状況は。嫌がらせが継続《けいぞく》してしまう。今より酷い状況になったら。誰も信用してくれなくなったら――これは自分で導いている側面の方が強いか。

文研部が話に出てきた。みんなに迷惑をかけることになったらどうしよう。瀬戸内の動向には注意する必要がある。部室にも、行かなくちゃ。

もうなんだよ、なにがしたいんだ自分は。

嫌だ。もう嫌だ。全部嫌だ。

元の方がマシ……なことはないのか。どうなのか。
もう、なにもかもが手に負えない。

七章　八重樫太一にとっての氷解

金曜の午前中でテストが終わると、太一《たいち》は早速稲葉《いなば》と共に部室に向かった。教室を出る前、永瀬《ながせ》にも「部室、来いよ。永瀬にも発表して貰《もら》わなくちゃならないんだから」と声をかけておいた。ほんのわずか、頷《うなず》いてくれた気がした。引っ張っていってもよかったのだが、そこは自分の意思だろうと無理に連れて行きはしなかった。

文化《ぶんか》研究部《けんきゅうぶ》の運命を握《にぎ》る部活発表会はもう来週だ。発表用の資料は小冊子も模造紙《もぞうし》も完成させているので、これからは自分達のプレゼンテーションの練習を進めるのみ。聞くと、発表を見守る人の数は二クラス分を優に超えるらしい。緊張しても失敗しないよう、練習で可能な限り完成度を高めておきたい。

初めは不安だけだった発表会も、今では少し楽しみになっていた。自分達の全力を注《そそ》いで作り上げたものが、人にどう評価されるのかとワクワクするのだ。

太一は中学の部活動を思い出していた。たくさん練習を重ね、やっと迎えた大会の前の、不安と期待がない交ぜになった独特の高揚感《こうようかん》。文研部でこんな気分を味わうとは思ってもみなかった。

　今も、部室に向かう足が自然と速くなる。テスト前で部活動が禁止になってからお目にかかっていない発表用資料達を早く確認したいのだ。

【手塩《てしお》にかけて育てたようなもんだからなぁ。あ、発表前に写真とっとこ】


「あ」

『感情伝導《かんじょうでんどう》』で、自らの熱い思いを他の四人に伝えてしまった。

「……太一。アタシも愛着《あいちゃく》はあるがお前の場合はいき過ぎてて引く」

　稲葉に気持ち悪がられてしまった。

　部室には先に桐山《きりやま》と青木《あおき》が到着していた。

　しかしなぜか二人とも、室内には入らず扉の外に突っ立っている。

「おい、なにしてるんだ？」

　稲葉が尋《たず》ねると、桐山が首だけを動かしてこちらを振り返った。

　その桐山の顔は、――涙に濡《ぬ》れていた。

「稲葉……、太一……どうしよう……うっ」

「桐山!?」

　叫び、太一は急いで二人の下へ駆け寄る。

同じく振り返った青木が、青ざめた表情で部室の中を指差した。

「……なんだ？」

訝《いぶか》しみながら、太一は室内を覗《のぞ》き込む。


部室内が、見るも無惨《むざん》なほどに荒らされていた。


長机が倒され、パイプ椅子《いす》も散らかされ……いや、それはいい。壊れている訳ではないので元に戻せばいいだけだ。

問題は、部活発表会のプレゼン用資料だ。

発表用の模造紙はボロボロに引き裂かれていた。


「どうして……」

ふらふらと、太一は部室の中に入り、跪《ひざまず》く。破れた紙でできたゴミ山を掻《か》き漁《あさ》る。

全体図を表すものも、個別のスポットごとに作ったものも、どれもこれも全滅だ。

「これ……あたしが……一生懸命描いたやつ……」

桐山が、元は可愛《かわい》らしいイラストの一部であったろう紙を取り上げて肩を震わせる。

頑張っていたのは桐山だけではない。これは青木が作っていた部分だろう、これは稲葉が、これは太一自身が、そしてこれは永瀬が作っていた部分だ。

五人の内一人は他メンバーより作業量は少ないかもしれないけれど、それでもこれは、文化研究部五人で作った努力の結晶だ。

五人の一生懸命がたくさん詰まったものだ。部活発表会に必要だからという実利的な面を除《のぞ》いても、なにものにも代えられないものだ。

「どれだけ時間をかけたと……」

ショック過ぎて、吐き気がした。

修復は、不可能としか思えなかった。

青木が虚《うつ》ろな声を漏らす。

「誰《だれ》が……、鍵《かぎ》ちゃんとかかってたし……、職員室に取りに行って、今開けたばっかなんだけど……」

「だとしても部室の鍵の管理はかなり甘い。少しの間鍵を持ち去るくらいにはな」

落ち着いた稲葉の回答。憤《ふん》怒《ぬ》の表情と釣り合っていないと思ったら、案の定爆発する。

「犯人を見つけたらただじゃおかん……！」

稲葉が握った拳《こぶし》を壁に打ち付ける。

「……稲葉、怒ってもどうにもならんだろ……」

太一の場合は怒りよりも絶望の方が大きかった。

「これ見て落ち着いてられるかバカ野郎っっ！　犯人はどこのどいつだ……！　まさかジャズバンド部の奴らが……！」

「流石《さすが》にそれは……ないんじゃないか……？　向こうも真剣に練習してたし卑怯《ひきょう》な真似

をするとは思えない……」

とは言え、それ以外に文研部と利害関係を持つ者に心当たりはない。それとも知らぬところで恨《うら》みを買ったか。愉快犯《ゆかいはん》か。

今まで自分達がやってきた作業を思い返すと、太一は更に気が重くなった。

「どうしよう……。もうどうしようもないよね……。酷《ひど》過ぎるよ……」

桐山が濡れた頬《ほお》を袖《そで》で拭《ぬぐ》いながら呟《つぶや》く。

しんと、室内が静まりかえった。

四人全員が無言だ。

四人が四人とも、突きつけられた現実に打ちのめされる。

四人が四人とも――その時ふと、ここに永瀬がいたらどうするだろうと太一は思った。

永瀬は精神的に不安定な部分もあるから、いつもがいつもその通りとはいかない。けれど、ムードメーカーとして明るく振る舞っている時の、永瀬伊織《いおり》ならば……。

「もう一度、作り直そう」

太一は言った。

こんなことを口にできた自分に、自分自身で驚いた。

死ぬほど強がりだったとしても、だ。

「でも……発表会って来週だよ……？　間に合う訳ないよ……」

桐山がか細い声で囁《ささや》く。

「オレもう頑張る気力が……」

青木も弱音を吐く。

「確かに同じものを作るのは難しいけど――」

「簡易なものなら、十分間に合う」

太一の言葉を途中で引き継いで言ったのは、稲葉だった。

稲葉はにやりと笑いかけて太一の胸を小突く。

その瞬間、太一は無性《むしょう》に稲葉と『感情伝導』で心を伝え合いたくなった。まあ、だいたい想像はつくが。

「え……？　でもそれじゃジャズバンド部に勝てないんじゃ……」

桐山の当然の疑問にも、稲葉は堂々とした態度で首を横に振ってみせる。

「そうだな、厳しい戦いになるだろうな。でも――」

「負けだと、決まった訳じゃない」

今度は太一が稲葉のセリフを横取りしてやった。

フン、と笑ってから稲葉が続ける。

「考えてみれば、プレゼン用の見栄えのよい資料がなくなる、ってだけの話なんだ。ならば内容とアタシ達のプレゼンの魅せ方で勝負する方向に頭を切り換えればいい」

太一と稲葉が二人がかりで、文研部の舵《かじ》を明るい方へと切る。

と、青木が頭を押さえて「ぐおおお……」と唸《うな》り出した。

なんらかの病気を発症したのかと一瞬疑った。

「そうだっ！　落ち込んでたってどうにもならない！　前を向いて進むしかないんだ！」

力強く叫んだ後、青木は「……真っ先にこれを言えるキャラになりたいが道は険《けわ》しいか……」と小声で呟いていた。

すると今度は、腕で目を押さえ桐山が呻き始めた。

なんだろう、青木と仲がよいから似た行動をとるのだろうか。

「うう～……、さっきまで弱気になってたあたしに活《かっ》だ――！」

大声で叫んで、更に重ねる。

「もう最悪で悲しくて泣きたいっていうか泣いちゃったけど泣いてる場合じゃないっ！」

桐山は両腕をクロスさせてから「押忍《おす》っ！」という言葉と共に腕を開きつつ下ろした。

「てゆーか、内容とあたし達の魅せ方で勝負しなきゃいけないのは確かだよ。でもだからって、資料が簡易でいいっていうのは、ある意味諦めじゃない？」

そう言って桐山は笑顔を作ってみせる。空手流のやり方で気合いを入れ直した格闘少女は、とても強かった。

「徹夜《てつや》でもなんでもして目いっぱい可愛くしてやるっっ！　燃えてきたぞー！　ビバ可愛い！」

「よっ、唯《ゆい》！　格好《かっこう》いいぞ！」

青木が威勢《いせい》のよいかけ声を上げる。

「可愛いと言いなさい！」

みんなだって、耐えられないくらい心をズタズタに引き裂かれているはずだ。

だがもう既に、全員立ち直ってみせている。

心の奥から立ち直れている訳ないけれど、外見上はそう振る舞っている。

それが、今自分達に必要なことだから。

はっきり断言していいだろう。

文化研究部は、強くなっている。

どんな奴らにも、負けないと確信できるくらいに。

太一は言う。

「よし、じゃあ今は犯人捜しは一旦置いて、作業を進めよう」

「まあ発表会が終わり次第犯人捜しするんだけどな。犯人め……地獄の果てに隠れようが逃がしゃしねえぞおおおおお！」

「稲葉……悪役面《あくやくづら》にもほどがあるぞ」

「でもさ、犯人に目星付けて対策しないと、また妨害《ぼうがい》されるんじゃないかしら？」

「流石唯！　目の付け所が違う！　格好い……じゃなくて可愛い！」

「やっぱ格好いいもプラスして『かっこ可愛い』と言いなさい！」

桐山と青木のやり取りを聞き、稲葉が述べる。

「それに関しては、作業物を家に持って帰れば大丈夫だろう」

文研部は諦めず前を向いて、今必要なことを考えて進んでいく。

さあ、と太一は部室を見渡す。

まずは散乱した紙を片付けて、それから机と椅子を戻して――。

とても控えめな、きぃという音と共に、扉が開いた。

括《くく》られた後ろ髪がぴょこんと覗く。

恐る恐る、といった様子で、永瀬伊織が体を部室の中へと滑り込ませようとして、途中停止した。

一瞬、状況を理解しかねるように眉《まゆ》をひそめ、それから驚愕《きょうがく》に目を見開いた。

永瀬の目が部室全体をくまなく移動する。

倒れた机を、パイプ椅子《いす》を、そして床中に散乱した模造紙の破片《はへん》を、捉《とら》えていく。

その光景《こうけい》を、永瀬は目に焼き付けるように凝視する。

そして、部室に入ることなく扉を閉めた。

【許さない。絶対に。わたし以外を巻き添えにしたことはどれだけ謝っても許さない】

永瀬からの、『感情伝導』。

怒り。憎悪。怒り。憎悪。憎悪。怒り。怒り。憎悪。怒り。憎悪。怒り。怒り。憎悪。

怒りと憎悪に全てが埋《う》め尽くされる。燃えるような激情が太一に流れ込んでくる。

っ！】

【泣かせてやろうか、喚《わめ》かせてやろうか、どうやって償《つぐな》わせてやろうか瀬戸内《せとうち》薫《かおる》っ

視界が真っ赤に染まる。沸《わ》き立つ血に頭がくらむ。

全てを焼き尽くすようなどす黒い炎。

自分の感覚が飲み込まれる支配される乗っ取られる吐き気がする。

頭を振って、立て直す。今の一瞬で汗が出ていた。

幾度《いくど》もあった中で、最大の強度を持った『感情伝導』だった。

不味《まず》い。太一は直感的に思った。

これだけのたぎる感情を、理性でもって抑えられるとは到底考えられない。

このマグマは、爆発させることでしか解決できない。

「やめろっ伊織！」

もう永瀬が去ってしまった扉に向かって、稲葉が叫んだ。

「稲葉、もしかして今永瀬の『感情伝導』が」

「太一もか？」

尋ねられ、こくりと頷く。

「え、稲葉っちゃんと太一なんかあった？」

「伊織……せっかく来てくれたのに……。いきなりこの惨状《さんじょう》じゃあ……」

青木と桐山の口調からして、二人に今の『感情伝導』は伝わっていないようだ。

太一は稲葉に話しかける。

「稲葉、あの怒りは……」

「ヤバイな。止めないと最悪傷害沙汰《しょうがいざた》になるかもしれない」

「追いかけるか」

「ああ。唯と青木は先に部室を片付けておいてくれ。行くぞ太一！」

太一と稲葉は駆け出した。


「なんで桐山と青木に手伝って貰わなかったんだ？」

部室を出てすぐ太一は稲葉に訊《き》いた。

「……伊織はこの件を広められたくないんじゃないかと思ってな」

確かにさっきの感情は、美しいものではない。永瀬のイメージに合わないし、永瀬自身あまり知って欲しくないことだろう。

二人で部室棟の階段を降りていく。

「それに、あいつに先回りできる当てもあるしな」

言って、稲葉は携帯電話《けいたいでんわ》を取り出した。

「あの怒り狂い方じゃ冷静な判断もできず、走って捜し回っているだけだろうから……

ああ、藤島《ふじしま》か。いきなりで悪いが瀬戸内薫の電話番号わかるか？」

確かに、永瀬の目的がわかっているので先回りも不可能ではないか。

「ああ……ありがとう。後で礼はする」

今メールしてくれるってよ、と稲葉は携帯電話をしまう。

「しかし絶対なにか要求されると思ったのに、事情すらも聞かず教えてくれるとはな。まるで緊急性を悟《さと》ってるかのような……」

流石藤島麻衣子《まいこ》、空気の読み方まで一流だ。

「でもどうして……瀬戸内薫？」一人で呟き、太一は首を傾《かし》げる。

恨《うら》みでもあるのか、永瀬への反感を煽《あお》っている瀬戸内。その瀬戸内を部室荒らしの犯人であると永瀬は断定したようだが、いったいなぜ確信しているのか……。

「来たか」

稲葉は再び携帯電話を開き、今度は瀬戸内の番号に電話をかけた。


瀬戸内はまだ学校にいたのですぐに落ち合うことができた。

「きゅ、急に電話かけてきて、なんの用？　しかも校舎裏に呼び出して」

瀬戸内は茶髪のロングヘアーを指で梳《す》きながら言う。

「お前に多少危機が迫っているらしくてな。まあ心配するな。そいつが来てもアタシ達が止めてやるから」

稲葉が答える。

「そいつって……誰よ？」

瀬戸内は妙にそわそわしており、若干挙動不審《きょどうふしん》でもあった。

「……永瀬伊織……、だ」

稲葉がわざとらしくためをつくってその名を告げると、瀬戸内はびくっと体を震わせた。酷く怯《おび》えているように見える。

もしかして、本当に部室を荒らしたのは瀬戸内なのか。……まだ決まった訳ではないと、太一は込み上げた怒りを胸の内にしまった。

「あ、あたしなにも知らないし関係ないから」

なにを問い詰めた訳でもないのに弁解《べんかい》を始めた。ますます怪《あや》しい。

横目で見ると、稲葉はもの凄い眼光で瀬戸内を睨《にら》みつけていた。

まあとりあえず、と稲葉が声を上げる。

「教室に移動しようか。少し訊きたいこともあるし——」

太一の、視線の先。

永瀬伊織が、いた。

「はぁ……、はぁ……」と荒い息をしている。

どうやってここまで辿《など》り着いたのか。いや、それはどうでもいい。

遠目で見てもわかるほど、永瀬は怒りに打ち震えていた。

感情を剥《む》き出《だ》しにして怒っている。荒々しい猛々《たけだけ》しい。清純さや端正《たんせい》さの欠片《かけら》もない。

そこに、学年一と称される美少女の面影《おもかげ》は一つもない。

太一の中にある永瀬伊織像をぶち壊すほどの、怒りだ。

「……許さないっっっっっっ！」

耳が痺《しび》れるほどの恫喝《どうかつ》と共に永瀬が突進してくる。

走る。速い。異常なスピード。永瀬は拳を振り上げる。

「ええ……!?　あ……」と戸惑い身動きできなくなっている瀬戸内。

不味い。対応しろ。太一は動く。その隣で稲葉も動く。

「やめろっ、永瀬！」「待て伊織！」

太一と稲葉が永瀬の前に立ち塞《ふさ》がる。

永瀬が横をすり抜けようとする。

太一はそれを抱きつくようにして止めた。稲葉も永瀬を押さえにかかる。

「おいっ！」

「止めないで太一！　稲葉んっ！　わたしはあの女を許さないっ！　許さないっっ！」

叫ぶ永瀬の声に被せ、稲葉が叫ぶ。

「瀬戸内っ！　さっさと逃げろ！　早くっっ！」

「……は、……わ、わかった」

立ちすくんでいた瀬戸内は稲葉に言われて我を取り戻し、慌てて走り去っていった。

「待て瀬戸内っっっ！」

逃げる瀬戸内の背後に永瀬が怒声を浴びせかける。激しく暴れる。

「止めないでっ……！　止めないでよ二人共っ！　止めるな……止めるなって……」

永瀬の力が徐々に弱まっていく。

「止めないで……止めない――ごめん」

謝罪の言葉と共に、永瀬はがくりと崩れ落ちた。

「ごめんごめんごめんごめんごめんごめん……全部わたしのせいなんだっ！」

地面に座り込んで、永瀬はボロボロと涙を零《こぼ》す。

「本当は自分が……。……ああ、ごめんなさい……。どうして……なんで……こんなことになるの……。わたしが……わたしだけに――っ」

そこでぴたりと、永瀬は押し黙《だま》った。流れる涙を腕で拭《ぬぐ》い、次の瞬間には表情を消す。

まるで、この世界から己を切り離したようだ。

太一は摑《つか》んでいた永瀬の腕を放す。力の抜けた腕は重力に引かれてだらりと垂れた。

改めて、思い返す。

再び現れた〈ふうせんかずら〉が『感情伝導』を起こした。

もう自分達ならこんな現象ぐらい凌《しの》ぎ切ってしまえると皆で励まし合い、いつも通り過ごしてやることにした。

その中で太一が告白し、永瀬は太一をフった。

『感情伝導』の影響で、色々なことが伝わり合った。
永瀬に関する悪い噂《うわさ》が流れ出し、永瀬へのクラス内での風当たりが強くなった。
同時期に永瀬自身もおかしな態度を取るようになった。
こちらの助けさえも拒絶して、永瀬は孤独の道を行こうとした。
最近はクラス内の永瀬に対する悪い流れは弱まったが、永瀬の態度は変わらず。
そして文研部の部室が荒らされる事件が起こり、
——今永瀬は表情を失い黙《もく》している。
先ほどまでの騒ぎが嘘《うそ》のように、その場は静まりかえっていた。
どんな言葉をかけるべきか、太一は迷う。答えを導き出せない。
けれどそんな中、稲葉が声を発した。
「……なあ、伊織」
慈悲《じひ》に溢《あふ》れた優しい問いかけをして、
「アタシと、真剣に話をしないか？　……逃げようたってそうはいかねーぞ」
稲葉は大胆不敵に笑った。

□■□■□

稲葉は永瀬を連れて歩く。

「まあ初めのうちはお前がいてもいいか」と稲葉が言うので太一も後に続いた。

稲葉は途中で職員室に寄り、後藤《ごとう》をちょろまかして空き教室の鍵《かぎ》を手に入れ、その教室へと向かった。

鍵を開けて中に三人が入ると、稲葉が内から鍵をかける。

「どうして空き教室に入るかの時点で謎なんだが、なぜ更に鍵まで閉める？」

「いや、なんていうか……完全密室デスマッチにしたかったんだよ」

「……あんまり無茶はするなよ」

しかし完全密室デスマッチとはなんと心躍《こころおど》る『プロレスに出てきそうなワード』だろうか。『脱出不可能』を付けると尚《なお》のことよいだろう。

普段は使われていない教室のため、一学級分の机は全て端に寄せられていた。その分出入り口側にスペースがあった。

そのスペースで稲葉が永瀬と向かい合う。太一は二人を横から見守る形だ。

稲葉は背筋をぴんと伸ばし、傲岸不遜《ごうがんふそん》に腕を組んで立っている。

永瀬は俯《うつむ》き、なにもない教室の床を見つめている。

そして稲葉が口火を切る。開戦だ。

「アタシはこの前、お前に言ったよな。お前の心の中にあることを話してくれ、バラバラのピースだけじゃわからないから全てを伝えて欲しい、って」

稲葉は稲葉で、永瀬のために動いていたみたいだ。

「しかし今思えばバカげた要求だったな。タダでテメエの心……それも他人に対して隠そうとしている部分を晒《さら》せ、なんて」

稲葉の言葉を、永瀬はただ表情を殺して聴いている。

「自分の心をさらけ出した訳でもないのに、『お前だけ言え』って虫がいいよな。フェアじゃないよな」

ぴくっと、永瀬が身じろぎをした。

「だからフェアになろう。アタシはお前に痛みを要求する。同様にこちらも代償《だいしょう》として痛みを払おう」

太一はふと思う。……なんとなくだが、この光景に既視感《きしかん》があるような気もする。

「今は『感情伝導』中で、伝えたくないことまで伝わってしまう。しかしだからといって現象が全てを伝えるかと言えばそうじゃない。それはお前も重々承知だろう?」

稲葉はなにを企《たくら》んでいるのだろう。

「そんな中でアタシは…………凄《すご》く恥ずかしいことを告白してみようと思う」

……これはもしや……。

「アタシも死ぬほど恥ずかしい思いをする。だから伊織、お前もどれだけ嫌だろうが、そんな風に塞《ふさ》ぎ込み周りを拒絶している理由を、言え」

自分も言う。だからお前も言え。これは『人格入れ替わり』が起こっていた時に……。

「おい稲葉！　それ俺がお前にやったやつだろ！」

黙っておくつもりだったのに口を挟んでしまった。

「文句あるか？」

「大ありだよ！　行動の意味がわかんねえんだよ⁉　第一ロジックおかしくないか⁉」

後パクるなよ！

「テメエ自身の行動だろうが！　意味がわからんなら自分の胸に聞け！　ついでにアタシや周りの気持ちがちっとはわかったかバカ野郎！」

「逆ギレかよ！」

「逆ギレだよ！」

「肯定《こうてい》すんのかよ⁉」

「つーかアタシは今伊織と喋《しゃべ》ってるんだ！　うだうだ言うなら出てけ！」

確かに永瀬がほったらかしだと思い、太一はしぶしぶ引き下がる。

「……邪魔が入ったな。とにかくアタシは今から恥ずかしい話をする」

その方針に変更はないようだ。

「しかも今は『感情伝導』中、込み入った話をするにはリスクを伴う。おまけに自分の好きな男の前ときた。その状況下で話すアタシの羞恥《しゅうち》レベルは、もう最上級だ！」

そのために自分はこの場所に配置されているのか、と太一は気づく。

にしても傍《はた》から見ていると……。

「……なんてバカな行動なんだ」

「お前がやったことだろうが！　あの時はお前がアタシや他の女子をオカ――」

「言うな言うな言うんじゃないっ！　なにぽろっと漏らしそうになってるんだよ！」

冷や汗ダラダラで太一は稲葉にストップをかける。

関係ないところで抹殺《まっさつ》されそうになった（社会的に）。

「次余計な口出ししたら本気で追い出すからな？」

「……稲葉が変なことを口にしなければなにも言わねえよ。いや、それならむしろ俺が恥ずかしい告白をしても……」

「黙れ！　なにが『むしろ』だバーカ！」

いい加減永瀬をほっぽり出してなにやってるんだ状態だったので、断腸《だんちょう》の思いだが太一は黙ることにした。

「じゃあ手始めに……」

フフフ、と邪悪な微笑を浮かべてから稲葉は話し始めた。

「ご存じの通り、アタシは太一が好きだ」

……ご存じの通りとかやめて欲しい。非常に恥ずかしい。

「最近好きが高《こう》じ過ぎて、夢に出てくるくらいだ」

永瀬は黙りこくって、稲葉が発する言葉を浴びている。

「そしてこの前のことだ。ついにアタシは、太一とエロいことをする寸前の夢を見てしまったんだ。……そこで目が覚めたから、寸止めになった訳だが」

稲葉よりも自分の方が恥ずかしいんじゃないか、と太一は思った。なんの罰ゲームだ。顔が熱くなってきたぞ。

「目覚めた瞬間なんて心臓がバックバクだ。胸も苦しいぐらいに痛かった。そして同時に……凄く切《せつ》ない気分にもなっていたんだ」

……おい、もしかして。……まさかこれも……。

「切なくて……もう本当に切なくて……ちょっとなんかこう……もやもやってなって、つい太一のことを想いながら――」

「お前なんの話してるんだよ！　変態か⁉　変態だろ！」

「変態って同じことしてた奴に言う権利はねえよ！」

「い、い、今お前同じことしたって……。そんな事実はな……くないかもしれないけどさ！」

お願いだから羞恥心を持ってくれと、太一は心の底から願――

【やばい。恥ずかしい。泣きそう】

稲葉姫子の『感情伝導』だ。稲葉の気持ちが太一に伝わってくる。

混乱したおかげで忘れていたけれど、そうだ、自分だって知っている。

剛胆《ごうたん》に見え、そのように振る舞う場面が多くても。

稲葉は心配性で弱気になることも多い、恥ずかしがり屋な女の子だ。

【でも泣かない。絶対泣かない。てゆか流石太一。途中で止めてくれた。ありがとう】

だけど自分の弱さを乗り越えて戦う意志を持てる、とても強い女の子だ。

この『感情伝導』は永瀬には伝わっているのだろうか？　それを太一が知る術《すべ》はない。

でも永瀬なら、たとえ伝わっていなくても読み取っている気がした。

俯き加減の永瀬が、きゅっと下唇《したくちびる》を噛《か》み締めた。

どん、と一度稲葉が床を踏みならす。

「どうだ！　……ちょっと中途半端《ちゅうとはんぱ》になっちまったけど、なかなかに恥ずかしいだろ！　しかもだ。こんな話をお前と太一の前でしている。二人とも傷つく可能性があるかもしれないのにだ。アタシも爆弾を落としたぞ！　お前だって、爆弾でもなんでも落とせるだろ！　足りねえのなら何発でも落とすぞ！」

太一の模倣《もほう》にとどまらず、自らバージョンアップさせているのが稲葉らしい。

「更に更にだっ！」

まだ稲葉の攻勢はやまない。

「お前にも言われたけど、アタシは本当に勝手だ。初めは、伊織と太一をくっつけようとしてたのに……。後から好きになったとか言って……。伊織が応援してくれたのをいいことに開き直って……」

永瀬と稲葉の間では色々あったのだ。本当に、色々なことが。断片だけは、太一も後で少しだけ教えて貰っている。稲葉がずっと自分をダメな人間だと思っていたこと。それに対して、永瀬がダメじゃないいんだと伝えたこと。

「伊織に改めて指摘《してき》されて……どうしようかと思った。必死に考えた……。でも最終的に……どうしようもないって悟ったよ！」

それは、解決の模索《もさく》を放棄《ほうき》する宣言だった。

「前までのアタシなら……もっと合理性とかばっか求めていた時のアタシならっ、こんな結論絶対認めてないだろうな！　でも今はもう認めてやる！　合理性とか論理性とか客観的証拠とかに頼らなくたって、アタシは……アタシは……アタシ……は」

怒濤《どとう》のような勢いだった稲葉の激走が、その時初めて推進力を失う。

人より過剰に心配性で、だから嫌な想像に囚われて人に心を開けず塞ぎ込んで、自分はダメな人間だと、自信を持てず自分を嫌っていた稲葉。

でもそれも、今は昔で。

「人よりはちょっと足りないかもしれないけれど……」

やっぱりそこは弱気に前置きしてから。

だけどしっかり相手を見据えて。

「自分に自信を……持ってるからよ！」

そう、稲葉姫子《ひめこ》ははっきり口にした。

「本当に自分勝手だけど、もうどうしようもないから開き直るよ！　図々《ずうずう》しいか？　でも、図々しいですけど、それがなにか？」

正々堂々、開き直った。

「文句があるならいくらでもどうぞ。全部全部甘んじて受け入れてやるよ。でもアタシはそんなに強くないから、その度何度も何度もへこむだろうな」

だけど正々堂々だから、逃げはしない。

「でもへこんだって、何度でも何度でも立ち上がってやるよ！」

逃げないで、稲葉姫子は戦う。

「アタシは図々しくいてやる！　だからお前も図々しくなっていい！　わがままでいい！　アタシだって今もの凄いわがまま言ってるんだから気にするな！　黙って塞ぎ込むんじゃねえ！　見てるこっちが嫌になるんだよっ！」

すぅと息を吸い込み、腹から声を絞り出すように、

「これは全部アタシの都合だっっ！」

稲葉は叫んだ。

その言葉は、どれだけ永瀬の胸に響いたのだろうか。

永瀬は俯いて唇を強く噛み締める。制服のスカートを両手で掴んで強く握る。体をぶるぶると小刻みに震わせる。

「──って……いうの」

ぼそりと、永瀬がなにかを口にした。

思えば、今初めて、この教室に入ってから永瀬が声を発していた。

「……ん？」

稲葉が首をちょっと動かす。太一も心持ち耳を永瀬の方に向ける。

「もう……いいって」

感情のない平坦な声だ。

「だから、なにが──」

「もういいってそういうのっっっ！」

稲葉のセリフを妨《さまた》げて、永瀬は目いっぱい叫んでいた。

更に続けて言葉を打ちつける。

「やめてよっ！　なんなのそれ⁉　本当に……本当に……もう本当に……」

永瀬が息を吐き出す度に体を縮《ちぢ》こめる。大爆発を起こすために、自分の中に力を溜め込んでいるようだ。

そして前屈みになった体を起こすと同時に肺に空気を送り込み、勢いをつけて放出する。

「バっっっっっっっっっっカみたいっ！」

ビリビリと、室内が揺れたと錯覚《さっかく》するほどの声量だった。このフロアはほとんどが空き教室なのでいいが、もしかしたら下の階まで届いたかもしれない。

あまりの大声に太一もかなり驚かされた。

「ど、どうしたんだ永瀬？」

尋ねられた永瀬は、にやりと、暗く笑った。

「はいはい、恥ずかしい告白しましたね、なんか感動的に語りましたね。……で？」

永瀬の目は、完全に据わっていた。

そしてまた目を細めて笑う。

「ああ、うんそうだね。もちろんわかってるよ。ここでわたしが感動して涙して『ごめん……実は……』となったら、感動的なエンディングが待ってるんでしょうねっ！　思い通りに動かなくてどうもゴメンなさいねっ！　でもいつだってどっかのシナリオみたいに綺麗《きれい》にいくと思うなよっ⁉」

ハッ、永瀬は鼻で笑う。

永瀬は、キレていた。

「もううんざりなんだよっ！　飽き飽きなんだよっ！　何回同じような真似するんだよっ！　よく飽きずに何回もやるよねっ、こんなことっっ！」

しかしいくらなんでも、と太一は口を挟んだ。

「おい永瀬……、お前、稲葉がどれだけの勇気を振り絞って、あんなことをやったかわかってるのか？」

それをバカにするのは、たとえ永瀬でも許せない。

「し、知らないっ！　そんなのそっちが勝手にやったことで……」

はっきりと、永瀬の顔が歪んだ。今までの強引な勢いが急激にしぼむ。だが永瀬はその心の揺れを無理矢理振り切るかのように、右手で髪の毛をぐしゃりと摑んで「知らないっ！」と声を張り上げた。

「もうさぁ……どこぞの悲劇《ひげき》の主人公みたいな真似やってられないんだよっ！　現実感がなさ過ぎるんだよ！　こんなのフィクションでしょ……でもこれが現実ってさぁ！」

今の、非現実的過ぎる、でも自分達にとっては紛《まぎ》れもなく現実の世界。

「何回心を晒さなきゃいけないんだよ！　何回心をボロボロにされなきゃならないんだよっ！　何回っ何回っ！」

風向きが、少し変わってきた。

「何回あるんだよこんな現象⁉　〈ふうせんかずら〉ってなんだよ⁉　植物の名前とか意味わかんない！　だいたい人に乗り移るってどういう仕組みっ⁉　もうこれに関係すること全部だよっ……全部全部おかしいよ！」

異常なる現状に、自分達は五人で立ち向かってきた。何度も戦った。だからずっと戦えるのではないかと、どこかで太一は感じていた節もある。

だが稲葉なんかは、前から忠告していた。——あれは冬休みの『過去退行《かこたいこう》』が起こっている頃だったろうか。薄氷《はくひょう》の上を何度も歩けば、人間いつかは落ちる、と。

こんな異常な世界。誰かが壊れてもおかしくない。

「いい加減にしろよっ！　何回わたしは酷い目に合わなきゃいけないんだよ！　やってられるかよ！　もう……耐えられないよっ！」

けれどそれが永瀬に起こるとは、起こっているとは、思わなかったのだ。

事実、〈ふうせんかずら〉達の現象を通じて、不本意ながらも自分達は成長させられ、強くなっている。

何回も危機を克服《こくふく》した自分達はもう初心者ではないと、高《たか》を括《くく》っていた部分すらある。

しかし高を括るなんて。

それこそまさにバカげている。

非現実の世界に飲み込まれ過ぎて、感覚が麻痺していたとしか思えない。

こんな状態で大丈夫なことなんて、一つもありやしないのに。

永瀬が暴発するまで気づけなかった自分達にも、今回の件は大きな責任がある。

言葉が途切れた、そこに太一が滑り込む。

「……そうだよな……当たり前だよな……。辛い……よな。俺達も気づいてやれなくて、悪かった」

「……そんなんじゃないって」

続いて稲葉も声をかける。愕然《がくぜん》とした表情だ。

「……お前がそこまで思い詰めているとは……こういう奴が出てくるって自分で言ってて……わかってたつもりなのに……すまん。……お前は、悪くねえよ。誰がそうなったっておかしくなかったんだ……。でもそれなら、無理せずアタシ達を頼ってくれれば……。お前が『もう大丈夫だ』って、元に戻れるまでいくらだって――」

「だから……違うんだってっ！」

また激しく叫んで、永瀬は片手で目を押さえ下を向いた。

飛び交っていた言葉の弾丸が途絶える。

静まりかえった教室内。

誰も口を動かさず、だから先に進まないはずの展開だった。

普通、ならば。

だけど、今自分達がいるのは、普通ではない世界だ。

止まっていた世界が動き出す。

――『感情伝導』によって。


【いったい……どんなわたしを期待してるのっ。もう無理！】

漏れ伝わってきたのは永瀬の心の声と感情だ。

永瀬の心は黒く混沌としていた。我が身で感じているのに、その感情を分類できない。

「どんなわたしを期待してるって……なんだ?」

稲葉が尋ねる。稲葉にも太一と同じく『感情伝導』していたようだ。

「え……、ちょっと……待って」

酷く狼狽《ろうばい》した永瀬はいやいやと首を振る。

永瀬は子供の頃親に暴力を振るわれたことをきっかけに、相手に合わせた色んなキャラを演じるようになった。そしていつしか自分自身を見失ってしまった。

けれど時間が経って、永瀬もたくさんの経験をして、人より多彩な顔を持っているけどそれが自分だと認められるようになって、永瀬がずっと探し続けている本当の自分も形が見えるようになりつつあって。

でもやはり、永瀬はまだ、本当の自分というものに迷い続けているのだろうか。

もしそうならば、伝えてあげたいと思った。

「永瀬。そんな風に気弱になるなよ。変に思い悩むなよ。永瀬はただ永瀬であるだけで、周りの人を幸せにして、みんなから愛される――」

「だからそんなのできないよっっ!」

声を張り上げた後「あ……」と漏らし、永瀬は呆然と立ち尽くした。

だから、そんなの、できない。

なぜ諦めの言葉を口にするのだ。不安定さからくる陰《かげ》りはあるかもしれない。でも同時に、永瀬は誰よりも強い光を放つ素晴らしい人間だと思って……期待して？

——今思えばだ。

自分達は何度も心をぶつけ合って、絆《きずな》はとても強くなっている。更に今は『感情伝導』で心がそのまま見え、直接繋がり合えてしまう。

なのになぜ、自分達は永瀬の状態に気づかなかったのだ？

なにかおかしいとは思っていた。でも、なかなか動き出さなかった。それはなぜか。

理由の一つは、最近の永瀬と自分達のよく知る永瀬の違いに戸惑っていたこと。

そしてもう一つは……、永瀬なら大丈夫だと思っていたこと。

多少不安定さを内包《ないほう》しているとはいえ、芯《しん》の強さを持ったタイプだと、皆、永瀬をそう理解していただろう。

それに永瀬は〈ふうせんかずら〉の起こす現象の際、一番被害に遭《あ》いながらも、くじけずに耐え抜いてきたのだ。

今は塞ぎ込んでいても、最終的にはいつもの永瀬に戻ってくれる。それだけの強さがあるだろうと、皆信じ切っていたはずだ。

いつもの永瀬なら絶対に大丈夫だと。

永瀬なら絶対に——。

……永瀬なら？

じゃあもし、永瀬じゃなかったら？

【アタシは……いやアタシ達はなにを伊織に押しつけていた？】


稲葉の思考が、太一に『感情伝導』する。

その稲葉からのピースを、太一は自分の中で組み立てる。

自分が知る、いや……自分が思う永瀬伊織は、どんな少女だ？

永瀬は色んな表情を持っている。その分精神的に不安定な面もある。暗い部分もある。脆《もろ》いところもある。けれど本質的には、心が綺麗でしなやかで美しく、優しく明るい、どんなものにも負けない強さを持った——永瀬は——そんな——言いようによっては凄い女の子であると——。

でも、もしかしたら。

自分の中にあるピースと、稲葉の中にあったピースと、永瀬が示したピース。

先ほど現象に耐えかねてキレた永瀬は、とても人間臭くて、その気持ちを痛いほど理解できて、でもどこか——自分が思う永瀬らしくなくて。

完璧な美少女であり、独特の暗さを併《あわ》せ持つ人間的深さを見せ、人を引きつける魅力と心の強さに溢れている、そんな常人より優れた人間が、永瀬だと思っていたけれど。

バラバラのピースが、もし『感情伝導』がなければ繋がらなかったかもしれないピースが、太一の中で繋がる。

【永瀬伊織は、もっと平凡な、ただの女の子ではないのだろうか】


太一による『感情伝導』は、文研部の四人全員に、伝わっていた。

「なあ、永瀬……」

太一が、弱々しく声をかける。

「もう……もう無理だって……！」

限界を超えたかのように、涙がこぼれ落ちて頰に筋を作る。

そして永瀬の気持ちが、思いが、心が、口から溢れ出ていく。

「もう無理だって……！　できないって……！　みんなに期待されるようなわたしなんて……！　周りの人を幸せにしてみんなから愛されるようなって、どれだけ素晴らしい人間なんだよ！　わたしはそんな凄い人間になれないよっ！」

自分達が、自分が、永瀬伊織に望んだ姿。

「つーかわたし本当は普通より暗いし冷めてるぐらいなんだよ！　みんなも……『感情伝導』である程度は気づいていると思うけどっ。太一と稲葉んはさっきのわたしの言葉聞いてるから余計にだよねっ！」

本当の、永瀬伊織の姿。

「でも普段は明るく振る舞ってたよ！　それは……みんなそっちの方が楽しそうだし、

なにより自分も楽しいからっ！」

永瀬の、偽《いつわ》らざる本音だろう。

涙を手で拭い、永瀬は少し息を整える。

「演技をしてたとか……そういう訳じゃないよ。……そうありたいと思ってて、自然とそうやってたから、あのわたしは……嘘っぱちじゃない。確かに、わたし。凄くいい、理想の、わたし……でもっ！」

太一と稲葉は、永瀬の告白をただ黙って受け止める。

「もう誰かに求めて貰えるような理想の自分でいることには疲れたよっっっ！」

永瀬が強く、叫ぶ。

気づかなかった、気づけなかった。

永瀬がそんなに、無理をしていたなんて。

太一の場合、一番近くで見ていることも多かったはずなのに。

「わたしビビりだよ！　情けないよ！　卑《いや》しいよ！　捻《ひね》くれてるよ！　僻《ひが》んでるよ！　みんなが思ってるよりずっとさ！　自分のために凄く凄く頑張ってくれた稲葉んに……あんな酷いこと言っちゃうくらいにさっ！　最低な奴なんだよっ！」

あれだけで永瀬を酷い奴だと断じはしない。でも、太一は確かに意外だと思った。

自分が想像する永瀬とは、どこか違うと感じた。

「自分勝手なこと言ってる！　稲葉んなんかより全然自分勝手！　いい子ぶって理想の

姿で振る舞って……みんなにそんな子だと思って貰っておいて……でも今更、しんどくなってきたから、もうできるかよ、なんてっ！」

永瀬が、『感情伝導』ではなく自分の意志でもって、心をさらけ出す。

「でも一度でも理想の自分を出すとさ……次もそうするのを期待されるじゃん！　期待されたら応えるよっ！　そうしないと、前までが嘘ついてたみたいになるからさ！」

鬼気迫《ききせま》る表情の永瀬は、血を吐くように言葉を外に押し出す。

「みんなに期待される……みんなに求めて貰える自分はこんなのなんだってなって、自分でも、わたしはそんな人間なんだって思い込もうとして……。ううん、そんな人間になりたいと思って……。でもやっぱり……見失っていた本当の自分がわかるほどに自分はそんな人間じゃないって思えてきてっ！　そんな凄い自分……もうやってられないってなって！」

色んな顔を持つ永瀬。その永瀬が、一番に選び取ってしまったのは、自分のキャパシティーを超える、自分だった。

そりゃね、と呟き、永瀬がゆっくりと息をする。感情の波の谷間に入る。

「普通の生活だけなら……理想と現実にギャップがあったって、こんな変なことにまでならなかっただろうし……、頑張ってやっていけたかもしれない……でもさ！」

また、永瀬は強く言葉を発する。思いを他人に伝えながら、それを一つ一つ自らも確かめているようだ。

「〈ふうせんかずら〉ってなんだよ⁉」

　全ての、元凶の名だ。

「体を乗っ取られて川に飛び込まれた。死ぬって言われて……恐くて恐くて悲しくて悲しくてっ。でも最後まで強くあり続けようとして！」

『人格入れ替わり』の時の話だ。

「殺す意志はなかったらしくても、自分を殺しかけたも同然の奴がまたやってきて、また同じように殺されかけたら……そして間違って死んだらどうするんだよって恐くて恐くて堪《たま》らなかったけど、みんなの前では健気に頑張って！」

『欲望解放《よくぼうかいほう》』の時の話だ。

「色々あってボロボロになっているところにっ、その心を見透かしたように『過去をやり直すチャンスをやろうか』って言われてっ、ボロボロだったから凄く揺さぶられてっ、でもはね飛ばしてっ！」

『過去退行』の時の話だ。

「頑張った！　自分で褒《ほ》めたくなるくらいにわたし頑張った！　凄く凄く頑張った！」

　頑張っていることは太一にも予測できた。頑張らずにあんなことができる人間なんて、それこそ常人を超えている。

　でもその『頑張る』の強度は、太一が想像するよりも遥かに高かった。

　永瀬の心を磨《す》り減らし、限界へと追い込むくらいに。

「でもそう何回も何回も頑張れないよ！　あんな凄い自分はもうやってられない、上手《うま》くやれないって思った！　だからもう期待に応えるのはやめて、戻したかった。もっと身の丈にあった自分に……戻したかった！」

太一は少しだけ視線を稲葉の方にやる。稲葉はじっと永瀬を見つめて動かなかった。

「だから理想の自分から離れた……、暗い部分とか嫌な部分とか表に出しちゃえってなって。でも『感情伝導』があるから早くしないと、いつもの振る舞いと心の中で考えていることの違いに『嘘《うそ》つき』って勘違いされると思って……、それが凄く恐くて……。今まであったことが嘘だったと思われるのだけは、嫌で……。だって、頑張ってただけであの自分も絶対に嘘じゃないからっ！」

演じていた、キャラを作っていた、そんな意識の強い永瀬は、自分の懸命に生きた過去も偽《いつわ》りだったと思われると、考えてしまったのかもしれない。

「早くしなくちゃって……焦り過ぎて、訳わかんなくなっちゃった。……どうすれば今までの自分が消えるのかもわからないし、新しい自分を認めて貰えるのかもわからない……。……なにもわからなくて、ぐちゃぐちゃになって、不味い具合になって、修正できなくて……でもわたしだって……わたしだって……上手くやれなくて下手くそな時だってあるよっ！　上手く……上手くやりたかったけどっ！」

言い終えて、永瀬は鼻を啜《すす》った。

ずっと表に出さず溜まりに溜まっていたであろう感情の奔流《ほんりゅう》に、そしてその事実に、太一は圧倒されていた。声を出すことができない。

自分は、永瀬を好きだと言いそして憧《あこが》れていた。だから余計に、永瀬に理想を求めていたと思う。無意識であっても、誰よりも永瀬に重荷を課し続けていたのだろう。

そしてやっぱり自分は、永瀬の本質を理解できていなかった。

そんな自分が、永瀬にかけてやれる言葉など、ない。

隣で沈黙する稲葉だって、なにをどう言うべきか迷って――


「知るかバ――――――――カ！」


稲葉は非常にガキ臭く叫んだ。

なんか色々台無しな気がした。

は？　と一瞬ぽかんとした後、永瀬が声を出す。

「ばっ、バカって……！」

「お前だってアタシにバカって言っただろうが！　それと話が長い！　くっそ長い！　うっとうしいんだよバカ！」

バカバカバーカ、と稲葉は言い続ける。

湿っぽさもなにもない軽い言い方だった。

永瀬も目を白黒させている。

重苦しかった空気が消し飛んでいく。

稲葉が、消し飛ばしていく。

稲葉はこんなことまでやってのける、強いキャラだったろうか。

しかし永瀬を見下すようにしていた稲葉の表情が、徐々にしぼんでいく。

「……バカ」

弱く、甘く囁く。

「……ちなみに言っておくがな……アタシはめちゃくちゃショックを受けてるぞ。今にも……泣きそうだぞ……」

そうだ、稲葉は強いけれども、弱い。

震えて湿った声で続ける。

「……大切な友達の……本当の心の内もわかってなくて……情けなくて……」

俯く。漆塗《うるしぬ》りのような黒髪に顔が隠れる。悔《くや》しそうに、そして悲しみを堪えるように、片手で腕の袖《そで》をぎゅっと掴む。

それからまた、顔を持ち上げて永瀬を見据える。

「でもアタシは言うぞ！　それがお前にとって必要だと思って、なにより自分がそうしたいからだ！」

そしてやっぱり稲葉は弱いけれども、強い。

「上手くやれなくて下手クソ？　もう限界？　知るかっ、アタシだって下手クソだよ！

本当はもっとスマートで格好よくておまけに可愛い女になりたいよ！　でもできねえよ！　好きな男一人に振り向いて貰うことすらままならねえんだぞっ、アタシはっ！」

それはままなっていいるんじゃないかな、と太一は心の中で呟く。

「どれだけお前の理想は高いんだよ！　確かにアタシ達も無意識の内にお前に過度な期待をしてたかもなっ！　でもそれに完璧に……綺麗に応えようとし過ぎて、無理をきたして、って。ただの……バカだろうが！」

なんかあの時と立場が逆転してるなっ、と稲葉は思い出したように付け足した。

あの時、とはいつのことだろうか。

「気持ち悪いくらいの完璧主義なんだよ！　上手くやれないから全部やめるってなんだよ！　それじゃ今までのお前が全部嘘みたいじゃねえか！」

嘘と断じられ、慌てた様子で永瀬が返す。

「だからっ……嘘じゃないって……！　あれも確かにわたしで……」

「だろうよ！　てか気づいたよっ、お前の問題に！　お前は……できるできないの二元論なんだよ！」

そう宣告された瞬間、永瀬は大きく目を見開いていた。

「なんでどっちかなんだよっ！　今までの理想の自分じゃいられない？　だからそれとはかけ離れた嫌な自分でいく？　バッカじゃねえの!?　極端なんだよお前はっ。理想の自分ばっかかりじゃいられないんだったら、適当にガス抜きしてバランス取るぐらいしろよっ！　溜め込んで最後ブチギレるってどんだけやり方下手なんだよ！」

稲葉の怒濤《どとう》のラッシュに、永瀬は完全に棒立ちだ。

「もうはっきり言ってやろうか！　なんだ、みんなに期待された、だ？　バカか？　何様のつもりなんだよ。なにどこぞのメインヒロインぶってんだよ、あ？　誰がどれだけの興味持ってお前を見てると思ってんだよこの自意識過剰っ。誰もお前がどうやってどうなるかになんて無茶苦茶興味がある訳でもねーよバ————カ！」

結構凄いことを言っていた。

それにしても、独壇場《どくだんじょう》だった。

稲葉姫子が、永瀬伊織を圧倒する。ついでに太一まで圧倒される。

更に稲葉は続ける。

「アタシらはアタシらでっ、自分の人生だけで手一杯なんだよっ！」

驀進《ばくしん》し続ける。

「テメエの人生だろうがっ、勝手に好きなように生きとけっっっ！　そしたら後は勝手に周りが……アタシが……受け止めてやるよっっっっ！」

本来関係ないはずの太一まで、胸を打たれる。気づけば太一も稲葉から目が離せなくなっていた。

「お前は努力の方向を間違ってんだよ！　上手くやるとかやらないとか、本当の自分がどれとかどうだっていいことだろうがっ！　なに理屈キャラのアタシを差し置いて無駄に考え過ぎてるんだよっ！　本当に大切なことはなにか考えろっっっ！」

本当に大切なことはなにか。それは『欲望解放』の時に太一もぶつかった問いだ。

ちょっと休憩だ！　とそんなことを叫んで、稲葉は息を整えに入る。

汗が出てきたのか額《ひたい》を拭って、大きく深呼吸する。

「……お前は相当ぐちゃぐちゃになってるらしいな。それでも、今日お前は部室に来たな。なんでだ⁉　それから部室荒らされてたの見てブチギレたな。なんでだ⁉　そこに上手くやろうと思ったとかくだらない考えはあったか？　違うだろ！　どんな感情があったか思い出してみろっ！」

言い放ってから腕を組み、今度はよくわからない方向にキレ出した。

「〰〰ってなんでアタシがお前の心理を解き明かさなきゃならねえんだよ！　自分でやれ、もう疲れたわアホンダラ！　つーかアタシだって偉そうに抜かせる人間じゃねえんだよ！　今は勢いで走ってるだけだから後でアタシがなにやろうが『お前はあの時はあ言ってた』ってケチつけんなよ！　年中無休で強《つよ》キャラやってると思うなよっ！」

さっきから稲葉はもの凄く言いたい放題だった。

「まあお前の……過去のことも関係あるのかもな……」

そう呟いた時の稲葉はとても優しい口調だった。

「……でも。お前は下手クソなんだなっ!? じゃあ格好つけて綺麗に完璧にやろうとすんな! アタシと同じように……上手くやりたいけど上手くやれなくてっ、失敗しまくってて っ、でも諦めないで泥臭くボロボロになりながら前に進めよっ!」

諦めないで泥臭くボロボロになりながら前に進む稲葉。

格好よくない——いや最高に格好いい女だ。少なくとも太一はそう思った。

ぐしゃりと、永瀬が顔を歪める。

「もうホント……いいんだってそういうの……。そんな稲葉んみたいに……諦めないで……ボロボロになって前に進むなんて……わたしには無理だよ……」

落ち込んで、悲しんで、泣いてしまうこともあったけれど、最終的にはいつも強く立ち上がった永瀬。でも永瀬は、もうそれができないのだと言う。

「伊織……っ……」

稲葉は更に言葉を続けようとして、止まる。

ふらりと、稲葉の視線が太一に向いた。

「太一も……なにかないのかよ」

稲葉に振られ、太一は永瀬のことを、永瀬伊織という人間のことを思い返してみる。

高校に入学し、クラスの教室で出会った。凄く可愛い子だな、という印象だった。たまに目で追う時もあった。普通のクラスメイトのままでいるのかなと思ったら、偶然にも同じ部活に入ることになった。それから色々な経験を一緒にして、少しずつ惹かれていって、——恋をした。

太一は口を開く。

「俺は……永瀬を好きだって言ってたのに、全然お前のことちゃんと見れてなかったな。憧れてるところもあったから、美化し過ぎてたのかもしれない。だからフられたのも、当然だと思うよ」

理想の永瀬に恋をして、現実の永瀬を見てやれなかった。

永瀬が理想を追いかけていて、『そうじゃない自分』を見せようとしていなくても、自分だけはその部分に気づいてあげたかった。

「そして今、永瀬の理想の部分もそうじゃない部分も全部知った上で、何度か送った言葉を……、今度は本当に本物の永瀬に届けるために、言うよ」

その言葉を、伝えたいと思った。

それは、論理でも、理屈でもなく。

ただ心で感じて。

「俺は、それでも永瀬伊織のことが好きだぞ」

永瀬が目を見張った。

心の底からそう感じていることが、伝えられたと思う。

「た、太一……」

稲葉にか細く呼びかけられ、太一は今のだと勘違いされてしまうと気づく。

「あ……。人間的に好きってことな！　恋愛感情はとりあえず置いてってくれ！」

危ない。誤解されるところだった。……あれ、自分はどうしてこれほど焦っている？

まあいい。とにかく、先ほどまでずっと本質を理解できていなかった人間が、恋愛感情で好きと言うのは流石におこがましい。

「永瀬は俺が理想としていた姿とは大分違うのかもしれない。でも、それでも俺は永瀬と、友達でいたいんだ」

目を見張っていた永瀬の瞳が、潤《うる》む。

「……なんで……なんで？　その人が思ってたのと違ってても、って。じゃあなにをもって……友達を友達としてるの？」

「知らん！」

稲葉を見習って断言してみた。うん、案外気持ちいいな。

永瀬が「え？」と戸惑う。

「前までの永瀬と今の永瀬では、確かに俺の中で大きな差がある。イメージが変わっている。でもどちらの永瀬だって、同じぐらい友達でいたい」

「だから……なんでっ」

「知らん！　俺は友達でありたいと思うし友達だと思う！　大切なことはそれだけだっ

て納得してるからそれでいいんだっ！」

太一が言い切ると、稲葉がげらげらと笑い出した。

「あははは、そうだ。その通りだ。わかってるじゃねえか太一。理屈とか理由とかくだらねえもんどうだっていいんだよな。そこに、正しいと信じられる事柄《ことがら》があるなら。不安になって揺らぐことがあっても、最終的に貫《つらぬ》けるものがあるのなら、な」

本当に、なにをもって友達を友達であるとするのかなと、太一は思った。

その人となり？　積み上げた事柄？

正しい答えはわからない。

けれど結論なんて、必要がないなら出さなくて十分だ。

自分で感じて正しいと信じたものが、正しいのだ。

勢いで乗り切れる限りは、それでいってしまえ。

バカになった人間は強い。なんたって、どんな論理にだって破られることがないのだ。

そんなバカになった二人を前に、永瀬はしばらくなにも言えず立ちすくんだ。

「ゴメン……わたし……二人が凄過ぎて……。少し……整理する時間がないと……」

それきり、永瀬はなにも喋らなくなった。

＋＋＋

部室が荒らされ、伊織に活を入れた次の日の、土曜日。

学校は休みだが、文研部は部室に集まることにしていた。部活発表会まで後わずか。残された時間をフル活用しなければならない。

稲葉姫子は作業に必要なものがあったので、学校から少し離れたホームセンターに立ち寄って、そこから歩いて学校に向かっていた。

ショートカットしようと、稲葉は公園を横切っていく。

男の話し声が聞こえた。

「——瀬戸内、あんなにひでぇ奴だとは思わなかったな」

瀬戸内、という名前に稲葉は反応する。

伊織を敵視し、部室荒らしに関係があると思われる、瀬戸内薫を連想したからだ。

ベンチに座って話しているのはガラの悪そうな高校生とおぼしき男二人だった。……顔に見覚えがある気がする。山星高校《やまぼしこうこう》の生徒かもしれない。

「お前そう言いながらめちゃくちゃにやってたじゃねえか」

「いやー、罪悪感あったんだけどなー。案外やってみるとストレス解消？　みたいな」

二人の男が、下品な笑い声を上げる。

も　し　か　し　て、と稲葉は思った。

偶然？　いや運命か。生まれて初めて、神に感謝する日がきたかもしれない。

血がぐつぐつと沸騰《ふっとう》してくる。

「でもなんだっけ？　文化研究部？　あいつらには悪いと思うよ。部活発表会用のもんを八つ裂きにして」

「まあ、言ってもただの紙だから——」

沸点《ふってん》を一気に超える。

「テメエらかこのクソ野郎共っっっ！」

状況など考えずに、ただブチ切れた。

「なっ、なんだコイツ……」

「うるせえっ！」

許さない。許さない。どうする。なにをする。わからない。ただ、近づく。

「だからなんだって……うおっ!?」

男の胸倉を摑み上げる。

「お前ら——うっ!?」

急に、後ろから首に腕を回されて息が詰まった。

「かはっ!?」

首が絞まる。息ができない。

「おい、誰だこいつ？」

自分の頭の上から、低く太い男の声が聞こえる。しかもかなり上からだ。デカイ。

「暇だからって女に声かけてバカでも言ったか？」

「お前その顔でよくやるなー、ははっ」

更に別の男の声が背後の方から、一人、二人。

先にいた男と合わせて確認した限りで、五人。

「ちげえよ！　こいつの方がつっかかってきたんだよ！　……で、誰だお前！」

ベンチに座っていた男の一人が、稲葉の顎を乱暴に掴む。

「あれ……お前もしかして……文化研究部の……」

「おっ、この子美人ー！」

背後から顔を覗かせた男が言う。

ニヤニヤと、いやらしく笑う。

体の熱さが急激に引いて、寒気に変わった。

なんだ、この状況は。

腕が太い。呼吸が苦しい。不味い。男。五人。捕まった。逃げられない。恐い。恐い。

逃げなくちゃ。

口を開いて、男の指に噛みつく。

「いてええ!?」

「なんだこいつ暴れるな……っ！　このっっ！」

がつーんと頭に音が響いて、——意識が遠くなった。

＋　＋　＋

——やっぱ置いてきた方がよかったんじゃ。

——気絶させちまったんだから仕方ねえだろ。顔も見られてるし、口封じしとかねえと。

——ノリでやり過ぎちったかな。まあいいじゃん。なんかドラマみたいですげえし。

——勝手なこと言うんじゃねえよ！　秋高《あきたか》の三人は学校が違うからいいかもしれねえけど、こっち二人は同じなんだよ！

——あーはいはい、わかってるって。山星の女子が揉めてる相手なんだろ？　それで女子と連絡取ってどうだった？

——土曜の午前中だからみんなあんまり……。ああ、瀬戸内は来るって。つーかあいつが事情をよく知ってるらしい。

——瀬戸内か……。

——まあとりあえず待ってみて。その間に他の女子も来るかもしれねえし。

——つーかさ、こんなところに女の子拉致《らち》……って、どー考えてもああいうことやるしかねえって気が……。

——犯罪者になりてえのか。

——既に犯罪者っぽくもあるけど？

——うるせえ。こいつの方が突っかかってきたから正当防衛だろ。……とにかく、どうするかは女子が来てからだ。ちなみに、揉めてるってどういうことなんだ？

——いや、嫌がらせの手伝いさせられただけで詳しくは……。クソッ、完全にとばっちりだ。これじゃ初め言ってた報酬《ほうしゅう》だけじゃ割に合わねえよ。

今は使われていないらしい、廃工場の中。

手足を縛られ、口をガムテープで塞がれた稲葉は、そんな男達の会話を聞いていた。

こんなバカげた状況現実に起こりうるのかよと、思いながら。

八章　永瀬伊織による決着

【気絶した人間を車もなしに遠くまで運べないはず。となるとアタシが監禁《かんきん》されている廃工場も学校近くの――】


自室で布団《ふとん》を被り膝を抱えていると、また稲葉《いなば》からの『感情伝導《かんじょうでんどう》』があった。

これより前に伝わってきたものと合わせて、稲葉が危機に陥《おちい》っているらしいと伊織《いおり》は知った。

この状況で、自分はどうすべきだろうか。

理想の自分なら、格好《かっこう》よく助けに行くだろう。

最低の自分なら、誰《だれ》かが助けてくれるはずだと傍観《ぼうかん》しているだろう。

普通の人間なら、警察に連絡するだろう。……いや、不確かな情報だけなら警察は動いてくれないか。となると知り合いに頼むか。ああ、自分の場合は藤島麻衣子《ふじしままいこ》を経由したコネがあるか。

そうやって、考えはするのだけど、どの選択肢を取るという決断もしない。
すると結局、最低な自分が取る選択肢と同じ行動になってしまう。
つまりは、自分は、最低な人間で。
情けない。
向き合わなければならないと理解していても逃げてしまう。
なんでそんな展開になるんだよ、と思った。
どうやって生きていたらこんな嘘《うそ》みたいな事件に遭遇《そうぐう》できるんだよ、全く。
バカげている。
なにもかもがバカげている。
おかしいだろう、自分の人生。
元から、人より少し——それを不幸とは言わないけれど——変わった人生だった。
それだけでも十分なのに、〈ふうせんかずら〉なんてあり得ないものが現れて。
めちゃくちゃだ、自分の人生。
異常と言うしかない現象のせいで、自分の『今』は大きく変わってしまった。
過去をなくすことはできない。元に戻すことはできない。それは、認めている。
だから過去を受け入れて、その積み重ねの上を歩いて行こうと思う……けど。
これ以上異常な世界に捕らえられて、無事でいられると思えない。
もう嫌だ。しんどい。放棄《ほうき》。終わり。やりたくない。やめさせて欲しい——。

【助けに行くぞ！】【絶対助ける】【助ける！】

太一《たいち》と、唯《ゆい》と、青木《あおき》の『感情伝導』だ。

三人まとめて起こるなど初めてのパターンだった。それだけ強い思いを三人が一斉《いっせい》に抱いたということか。

その思いは狂おしいほど熱くて、眩《まぶ》しくて、美しくて、純粋だった。

受け取った感情のあまりの量に、自分から溢《あふ》れていってしまいそうになる。変な錯覚《さっかく》。それを零《こぼ》すまいと、伊織はぎゅうっと自分の腕で体を抱く。

布団の中、真っ暗な中、光が見えた気がした。

——確かにアタシ達も無意識の内にお前に過度な期待をしてたかもなっ！　でもそれに完璧に……綺麗に応えようとし過ぎて、無理をきたして、って！　ただの……バカだろうが！

『感情伝導』なる現象が起こった。今回もまた大変なことになるのだろうけど、それを完璧に乗り越えなくてはと思った。おまけに心の中が見られるから、自分の理想とはかけ離れた嫌な部分が、白日《はくじつ》の下に晒《さら》されると焦った。そして完全に足を踏み外した。

——お前は……できるできないの二元論なんだよ！

上手《うま》くやらなくちゃ、成功しなくちゃ。自分はずっとそう思い続けていた。失敗を犯《おか》してはならないと考えていた。過去に大きな失敗をした経験があるから、異常なまでに上手くやらなくちゃという強迫観念《きょうはくかんねん》があった。無駄な完璧主義を貫《つらぬ》き、どっちかだって己を追い込むことによって、理想の自分であり続けようとしたのかもしれない。

――何様のつもりなんだよ。なにどこぞのメインヒロインぶってんだよ、あ？

その通りだ。どれだけ自己中心的なんだ。本当の自分を見失ったって言って、不幸ぶって、恐ろしい現象に巻き込まれたからもうダメだ、なんて。〈ふうせんかずら〉という有り得ない存在に囚《とら》われている人間ですら、自分以外に四人もいるのだ。

――誰もお前がどうやってどうなるかになんて無茶苦茶興味がある訳でもねーよバ――――カ！

ああ、もう完全に否定できない。期待されていた、なんて。自分で自分に期待し過ぎていただけじゃないか。そして無理し過ぎてぷっつんとキレて、周りに当たり散らして、なんて勝手な人間なんだ。

下手くそだ。下手くそ。下手くそなクセして、理想だけは高くて。

結局、ありのままの自分に自信がなかったのだ。自分がわからなくなって、なにもかもがあやふやになって、だからレッテルを貼り自分で線引きをし、全てを判断しようとした。成功か、失敗か。理想の自分か、現実の自分か。本当か、嘘か。

――テメエの人生だろうがっ、勝手に好きなように生きとけっっっ！

――本当に大切なことはなにか考えろっっっ！

無駄《むだ》に考えて、無駄な考えで、上手くやるとかやらないとかそんな話ばっかで、大切なものを、見失って。

どうしようもないくらいにダメな奴が自分だった。でもそんなダメな人間でも、理想的とは言い難い人間でも、

——俺は、それでも永瀬《ながせ》伊織のことが好きだぞ。

肯定して、貰《もら》えて。

その力を糧《かて》に、伊織は自らに鞭《むち》打って、自分自身と対峙《たいじ》する。

なにを間違っていたのだろう。

なにをはき違えていたのだろう。

上手くやることが、人生の目的なのだろうか？

違う。全然違う。

上手くやれるやれないなんて所詮結果だ。もちろん上手くやれるに越したことはない。

けれどその上手くやることこそが、目的であるはずがない。

ただ単純に。

生きたいように生きるのが、人生の目的じゃないか。

自分が、なにをやりたい。

自分が、どうなりたいか。

目指すべきところとは、そこだろうが。

失敗したって、失敗するかもしれなくたって、それでもやりたいことをやらなくちゃ、なんのための己の人生なのだ。

なぜ、そんなことすらわかっていなかった？　バカか？　バカなんだろう。大バカ野郎なんだろう。でももう、どうでもいい。

考えることを、やめた。

さあ、自分は、なにをどうしたいのだ。

感じる。

ただ、感じる。

気づくと、被っていた布団をはね飛ばしていた。

立ち上がる。太陽の光がいっぱいに飛び込んできて、白い世界に包まれる。

一瞬だけ目を細めて、白に包まれた世界に色を戻す。

足は自然と玄関《げんかん》の方へと向いていた。

それこそ着の身着のまま家を飛び出した。

鍵《かぎ》を外し、駐輪所の自転車にまたがる。

『感情伝導』の内容から当たりをつけて、自転車を駆る。

もういいや。

理論とか常識とか教訓とか当たり前とか日常とか非日常とか立場とか理想とか。

どうだって、いいや。

しがらみというしがらみを放り捨てて裸の自分になる。

感情に、従う。

永瀬伊織は、永瀬伊織になる。

——もっと自由に生きなさい。

中三の時の春に死んだ、五人目の父親が残してくれたその言葉の意味が、初めてわかった気がした。

□■□■□

ダメ元で電話をかけてみたが繋がらなかった。自転車を漕《こ》ぎまくって自力で探し当てるしかなかった。

街の人に奇異の目で見られるくらいに爆走した。こんな時に不謹慎《ふきんしん》かもしれないが、最高に気持ちよかった。

探して探して、やっと目的地とおぼしき廃工場を見つけた。学校近くに廃工場なんてほとんどないからここだと直感した。スタンドを立てず、自転車を放り投げるようにして飛び降りる。

ダラダラと流れる汗を拭《ぬぐ》いつつ、外から様子を窺《うかが》える場所を物色。少し高い位置にガラスの割れた窓があり、その下に古いロッカーが配置されているポイントを見つけた。

頭だけを出して中を覗《のぞ》く。

自分の右前方に、人影。距離も近いのではっきり状況が見える。

ビンゴだった。

本当に、稲葉が手足を縛られて、更には口をガムテープで塞《ふさ》がれて横たえられていた。

テレビか漫画でしか見たことねえよ、とつっこみたくなった。広がっている光景は非現実的で、それを現実のものと受け入れるには労力を要した。

更に視線を巡らす。

室内にいたのは、ガラの悪そうな五人の男とそして……瀬戸内薫《せとうちかおる》だった。

愕然《がくぜん》と、した。

瀬戸内が絡《から》んでいるのだ。自分に恨《うら》みを持っていた瀬戸内が、また別件で稲葉に恨みを持っていたとは思えない。それよりも、自分の件に巻き込まれたと考えるのが妥当だ。

窓から覗くのをやめ、後ろを向いて背中を壁面にくっつけた。

怒りを覚えるよりも、気持ち悪くなった。吐き気がした。叫び出しそうになった。でも口を押さえて必死に耐えた。

あり得ない。あり得ない。あり得ない。あり得ない。心の中で何度も悲鳴を上げた。

なにがあった。どうなった。わからない。ただ、自分のせいであることは疑いようもなかった。

涙が出た。

さっきまでの威勢《いせい》が急激に弱まった。足が竦《すく》んでその場から動けなくなる。

なんでこんなに感情の揺れ幅が大きいんだよと悔《くや》しくなった。

うるさかった自分の荒い呼吸が収まってくると、内部からの会話が漏れ聞こえてくる。

「……だからこれは、……やり過ぎだって。シャレになってないって……」

瀬戸内が話している。それに対して男が答える。

「こいつが急に突っかかってきたから仕方なかったって言ってんだろ！　だいたいお前が大本の原因だろうが！　部活発表会用の資料めちゃめちゃにしろって頼んできて！」

ああ、思った通り部室荒らしの犯人は瀬戸内だった。初めから確信していたけど。

「……だって、……だって、みんなに言われて……、そうするしかなくて……」

そして、やっぱり瀬戸内薫は——今はどうでもいいことだ。

「人のせいにしてんじゃねえよ！」

「あっ」

瀬戸内の悲鳴と物音。慌てて窓から覗くと瀬戸内が倒れていた。

「あーあ、こいつ女殴っちゃってるよ」

他の男が揶揄《やゆ》している。

様子を窺っている限りだと、元から予定していた行動ではなく、突発的な出来事だったようだ。自分を脅《おど》すために稲葉を連れ去った、のような完全に自分のせいではなくてよかったと一瞬思い、この状況で自己保身を考える己を心底嫌悪した。突発的で、更に怒りで冷静さを失っている奴もいる分、不測の事態が起こるかもしれないのに。

どうしよう。

向こうは男が五人、女が一人……女の瀬戸内は戦力にならないかもしれないが。

こちらは弱っちい女が一人。

武器もなにもない。策もなにもない。強靭《きょうじん》な肉体も誇れるような勇気もない。

どうしよう、なにができるんだ。

どうしよう、なにも考えられなくなる。

その時、鉄を蹴破ったかの如き金属音が鳴り響いた。

心臓が跳ねる。反射的に頭を窓枠から引っ込める。はぁー、はぁーと大きく呼吸し、胸を押さえる。大丈夫、落ち着け、自分が見つかった訳ではない、はず。冷静になってそう気づき、もう一度そろそろと頭を出す。廃工場の入り口の方に視線を向ける。

そこには制服姿の太一と、唯と、青木がいた。

なにも持たず、丸腰。策を講じた様子もなしに、堂々とその場に立っている。

……と思っていたら、「なに中の様子も確認せず突っ込んでるのよバカ！」と唯が太一にローキックを喰らわせていた。大声でのつっこみだったのでこちらまで聞こえた。

突然の乱入者に、稲葉をさらった奴らは相当に驚いていた。

「誰だお前ら!?」「入って来てんじゃねえよ！」と、自分達も不法侵入のクセに騒ぐ。

瀬戸内は酷《ひど》く取り乱し、隅っこの方に逃げていた。

ノープランらしかったが、それでも怯《おび》えなど一切見せずに太一達はずんずんと相手に近づいていく。

三人で、稲葉の救出に向かっている。そこに自分はいないのだ。今から行けば……いやもう間に合わない。見守ることしかできない。

ガラの悪そうな五人の男達も威勢を取り戻していた。入って来たのがたった三人の高校生だったからかもしれない。

その内の一人が前に出る。

「おいおい俺達取り込み中なんだよ～、お前らも痛い目に遭いたいのか～」と気持ちの悪い声で言い出した男を、

太一と青木が、二人でぶっ飛ばした。

息のピッタリあった二人のパンチが炸裂《さくれつ》していた。入ったところもよかったらしく男は完全に伸びてしまった。

容赦《ようしゃ》のなさに、呆気に取られた。

太一と青木が誰かをぶん殴る場面なんて、今まで想像したことすらなかった。

それだけ怒っている……もちろんその側面もあるはずだ。

でもそんなことよりも、とにかく二人は、――稲葉を助けたいと思っているのだ。

その思いがどれだけ強くどれだけ純粋なものかは、『感情伝導』で知っている。

そこには理論もへったくれもないだろう。勝算もなにもないだろう。

ただ、そうしたいという『思い』がある。

伊織は、ぐっと拳を作る。

自分も、自分だって、負けないくらいに……。

でも今更……あの空間には入っていけそうもない。勇気のなさに、失望する。

自分と同様呆気に取られていたのか、しばらく固まっていた残りの四人の男達だったが、やがて「てめえなにしてくれてんだ⁉」「やんのかコラぁ！」などと叫び、太一達の方に向かって行く。かなりいきり立っていた。

一人の男が手近にあった棒状の鉄らしきものを手に取った——その時もう雌雄《しゆう》は決したも同然だった。

唯が、敵陣の懐《ふところ》に潜り込んでいた。

自分の場合俯瞰《ふかん》していたから動きを把握《はあく》できたが、その場にいる男達にとっては、唯が瞬間移動でもしてきたように見えたことだろう。

栗色の長髪が躍《おど》る。

男が倒れていく。

一人……、二人……。

その戦いの舞いは、美しく見る者を感嘆《かんたん》させるほど。

男が唯に殴りかかる。当たらない。今度は鉄の棒の一撃。当たらない。
三人……、四人。
あっという間すらもなく、唯が男四人をのしてしまった。
強い。
強過ぎる。
ダメを押すまでもない完全決着だった。
自分の出番など、一片《いっぺん》たりとも残っていない。
主役にも脇役にもなれない、自分は、ただの部外者だ。
自分なんかいなくたって、文化研究部《ぶんかけんきゅうぶ》は四人で――。
「たぶんすぐ起き上がってきちゃうから早くね」
唯が太一と青木に声をかける。
「「か、かっけえ！」」
「そんなこと言ってないで……稲葉！」
唯が身動きの取れない稲葉に近づいて行く。
が。
あまりにも圧倒的だったが故、そこに、隙が生まれてしまったのかもしれない。
唯にのされた内の一人が体を起こした。
あっ、と思った。

声を出せばよかったのに声を出せなかった。身も心も完全に傍観者《ぼうかんしゃ》に成り下がっていた。

男が懐に手を入れる。

「えっ⁉」

唯が男の動きに気づくが、一歩遅い。

男がまだ縛られたままの稲葉の下へ走り、

首筋に、ナイフを突きつけた。

男はなにか訳のわからないことを喚《わめ》いている。キレていた。

稲葉の目が一瞬見える。見開かれた瞳《ひとみ》は恐怖に染まっていた。

「ちょ、ちょっとやめなさい！」「危ねえだろ！」「下ろせ！　バカな真似はよせ！」悲鳴にも似た説得の声を太一達は出すが、男はナイフを手放そうとしない。

「うるせえ！　少しでも動いたらどうなっても知らねえぞ！」男が叫ぶ。目が危ない。

「わ、わかった……。わかったから落ち着け、な？」

相手を刺激しないよう、太一が先ほどよりやわらかい声で話しかける。当然太一達は誰も動けない。

がたがたと、全身が震えた。

なんなんだよ、この状況。

どんな展開なんだよ、運命のいたずらにしては、でき過ぎじゃないか？

絶体絶命の大ピンチ。

そこに、一人だけ自由に動ける——永瀬伊織という存在がいるのだ。

ただの傍観者のはずだったのに、気づけば唯一皆を助けられる主人公状態だ。

理想の自分なら、迷いなく助けるために立ち上がる。

最低の自分なら、この状況に恐れをなして逃げ出す。

普通の人間なら、……やっぱり警察を呼ぶか？　でも警察が来たら余計に男を刺激することになるか？　——ああ。

思いついて、しまった。

こうすれば、いいんじゃないかって。

理想の、強い自分ならこうできるって、思い当たってしまった。

それは、作り物めいていて勇気が要ってバカげている方法だ。

上手くやれれば、稲葉を助けられる。

でも今の自分に、自信を喪失《そうしつ》して全てを放り出したような弱い自分に、そんなことができるのか。

できるのか、できないのか？

上手くやれるのか、やれないのか？

――クソったれっっっっっ！

できる限り汚い言葉で、己を罵《ののし》る。

だから、そうじゃないって。

自分は、どうやりたいと思うかなんだって。

そして『そうしたい』と思ったら、どれだけ苦しくてもしんどくても失敗しそうになっても、諦めないで泥臭くボロボロになりながら前に進むんだ！

そこに理想も現実も普通もなにも要らない。

さあ、自分のやりたいことはなんだ？

次の瞬間伊織はロッカーから飛び降りる。出入り口に回って、躊躇《ためら》いもなく廃工場内に突入する。

「今度は誰なんだよっ!?」

男が叫ぶ。伊織は、男に悠然と近づいていく。

「永瀬っ！」「伊織っ」「伊織ちゃん！」

太一が、唯が、青木が自分の名前を呼ぶ。口を塞《ふさ》がれた稲葉も目で呼んでくれていた。

「なんだよっ、テメエもこいつらの仲間かよっ！」

「あ……え……」

そこで伊織は重大なことに気づく。

及び腰の自分に気合いを入れ、本当に大切なことを求めるために飛び出したのはいい。

しかし、勢いをつけ過ぎて前のめりになってしまった。

自分の考えていた作戦の段取りを間違えた。

なかなかに笑えない。笑えないジョークだ。下手くそにもほどがあるぞ自分。いくら今までのやり方を変えたからって酷過ぎる。

でももう、引き下がれなかった。

できる限り涼やかに、可能な限り冷たい薄笑いを浮かべて、伊織は口火《くちび》を切る。

「いやあ……、困ってるんじゃないかと思ってさ」

……入りを間違えたかもしれない。ちゃんと台本を練《ね》るべきだった。絶対。

全員が、事態を飲み込めない顔をする。そりゃそうだろう。

「ちょっと不味《まず》いでしょ？　手伝ってあげようか？」

そう、伊織は男に向かって話しかける。

「はぁ？」

「いくらナイフ突きつけてるからって、それでどうするつもりなの？　どうしようもないでしょ」

伝われ伝われ伝われ。伊織は話しながら、心の中で念じる。携帯電話案を選ぶことはもうできない。こっちしかない。不確定な要素にかけるしかない。ああ、なんでこうなった。下手くそ。

「わたしがいい策を教えて、手伝ってあげようかって言ってるんだよ」

自分の顔の角度を工夫して、相手にミステリアスな印象を与えるように努《つと》める。そうできていると、信じる。

自分の大嫌いでもあり大好きでもある『演じる能力』を、信じる。

「……はぁ？」

男が、予想外の申し出だと言わんばかりに、訝《いぶか》しげな顔をする。

「……どういうことだよ……永瀬？」

戸惑った様子の太一が尋《たず》ねてくる。……だから太一は戸惑わなくていいんだって！　自分の段取りミスのせいだけど！

ちらと視線を動かす。瀬戸内は端の方で縮こまったままだ。困惑し過ぎて動けなくなっていることが見て取れた。無視して大丈夫そうだ。

なるべく低く、そして独特のリズムをつけて話す。

「わたしさぁ、こいつらにちょっと恨《うら》みがあってさ。そっちに協力したい訳。敵の敵は味方、って考えてくれればいいんじゃないかな？」

この男にはたぶん、『敵の敵は味方』みたいな言葉が、はまる。

最近精度が悪くなってきたが、自分の『他人の好き嫌いを見破る力』が教えてくれている。

「敵の敵は味方……なるほどね」

男はにやりと笑った。

きた。本当に。信じた。そんな不良漫画みたいな展開あるかよ。つーかまずナイフとかで格好つけんなよ。と心の中ではつっこむ。

「伊織……なに言ってるのよ!?」

唯が叫ぶ。だから、唯ははまらないでいいんだって！　味方を騙《だま》せるぐらいいい演技ができているってことだけど。

アイコンタクトを送りたいが……男が見ている手前難しい。

伝われ伝われ伝われ伝われ。

「で、具体的にはどうするんだ？　俺も正直ここまで大ごとになって不味いなって思っててよ。まあそろそろ、やられた奴らも起き上がってくるだろうから……ああそうだ。じゃあこいつら起こしてくれよ」

具体的な指令を出されてしまった。流れ上、断れない。時間がない。伝わってくれ。

『自分の演じる能力』は上手くいっている。残すは最後の一手だけ。そしたら後は、自分なんかよりもっと凄《すご》い奴らがなんとかしてくれる。

「伊織ちゃんなにバカやってんのさ！」青木も言う。

「……馴れ馴れしく呼ばないでくれるかな」

極寒の冷たさでもって、ぶった切る。……やめて。そんな悲しい顔しないで。

伊織は倒れている一人の男に近づく。もう時間がない。男の横に、辿《たど》り着いた。

頼むから。起これ。起これ。起これ。起これ……。

……起こしてくれたっていいだろ〈ふうせんかずら〉！

【今のうちに稲葉んを！】


ああ、やっと。

段取りでいくなら初めに伝えておくべきことが、届けられた。

しかも、四人全員への『感情伝導』だから言うことない。

太一と、唯と、青木の目の色が変わる。

そうなんだよ。……でも表情に出さないで！

自分の策が伝わったなら、後は相手の注意を引くことに専念だ。

倒れている男と自分がいる位置、その前方左斜めに太一達が固まっている。更にその奥の壁際にナイフを持った男と稲葉。ちょうど三点で正三角形を作る位置関係だ。

ナイフを持つ男の意識はこちらに向けられている。とはいえ、視界の端ギリギリに太一、唯、青木を捉えているだろうから、まだナイフを取り上げるだけの隙には不足している。もっとこちらに集中させなければ。

なにか、できることは……。

「おい、早くしろよ」

苛立たしげな男の声。のろのろしていたら、怪しまれる。

伊織はしゃがみ込んで、倒れている男の顔を覗き込む。なんか……もうすぐ起きそう。

とりあえずぺしぺしと頬《ほお》を叩いて——あ。

そうだ、これならという案を思いつく。

捨て身だけど、どうってことない。それが、目的達成に必要なのだから。

伊織は、己の顔を男の顔に接近させていく。

徐々に、徐々に。ナイフを持つ男の興味を、視線を引くようにゆっくりと。

そのままいけば、唇《くちびる》と唇がぶつかる座標《ざひょうじく》軸で。

ゆっくり、ゆっくり、ためを作って。

強く視線を感じる。垂れた髪を、色っぽく見えるように掻《か》き上げて、耳にかける。

……まだ？　ヤバイ。いくらゆっくり進んでもこれ以上近づくとぶつかりかねない。ヤバイ。こんなところで本物の初めてを……。ヤバイ。一旦顔を上げる？　怪しまれる？　ヤバイ。もう——。

「しっっっ！」

「がっ!?」

伊織は眼前いっぱいに広がっていた男の顔から急いで遠ざかる。

唯が、男の持つナイフを蹴り飛ばしていた。返す刀で男の顔面に一撃、ノックアウト。

落ちたナイフを太一が拾い上げ、稲葉を縛っていたヒモを切り、口のガムテープを剝《は》がしてあげる。

なんという流れるような動き。やっぱり凄い。やっぱり強い。強過ぎる。

これが、山星高校文化研究部《やまぼしこうこう》。

「太一っ！」

自由になれた稲葉が、太一に抱きつく。少し困った表情ながら、太一も嬉《うれ》しそうにそれを受け止めていた。二人が抱き合う。ハッピーエンドに相応《ふさわ》しい光景《こうけい》だ。とてもお似合いだと思った。

……よかった、酷いことにはならなかった。本当によかった。そう思った瞬間、緊張の糸が切れた。

「ああ……ううっ……」

涙を零《こぼ》しながら、伊織は倒れている男から距離を取り、ぺたんと尻餅《しりもち》をつく。

「……もう……もう恐いってこんなのやってられないってホントっ！　もう嫌だ嫌だ嫌だっ！　恐い恐い恐い恐いっ！」

理想の自分とか、よく見られたい感情とかかなぐり捨てて、幼い子供のように喚き散らす。

「恐かったよっっ！」

みんなの前で恥ずかしげもなく感情を露わにすると、少し気持ちが楽になった。

こんなに格好悪いところを見られたというのに、清々《すがすが》しい気持ちだった。

鼻を啜《すす》り上げて、涙を拭う。

思えば、幼い頃から、あまりわがままを言った記憶もない。いつも、お行儀《ぎょうぎ》のよい子でいることが多かった。やはり自分は、昔から無理をしていたのだろうか。

「伊織っ！」

と、唯が伊織に飛びついてくる。

ぎゅっと抱きしめてくれる。とても、温かい。

「稲葉から……話、ちょっとだけ聞いたよ。変に伊織は凄い子なんだって期待して、その期待に応えさせて、無理させちゃって、ゴメンね」

「謝らなくていいよ、唯。わたしが勝手にやってたことだもん……」

「だとしても、ゴメンね。後あたしはね、なんでって聞かれても困るけど、どんな伊織だって好きだよ！　本当にとってもとっても大好きだよ！　伊織は絶対悪い子じゃないってわかってるし、それに……う〜……とにかく好き好き好き好き〜〜っ！」

唯が頭をぐりぐりと伊織に押しつけてくる。

「うん……ありがとう。わたしも唯のこと、大好きだよ。……ちょ、ちょっと苦しいって唯」

そうやって唯を押しのけていると、青木が声をかけてくれる。

「伊織ちゃん！　まあなんつーか……色々大丈夫だ！」

言って、青木はグッと親指を立てた。

ああ、本当に。

この男はシンプルに、一番大事なことを、本質を、理解している。

携帯のカメラで写真を撮る音が聞こえたので何事かと振り向くと、稲葉がパシャパシャ撮影中だった。どうするつもりなのだろうか。

しばらくして稲葉が撮影を終える。

「なんでもいいけどとりあえずここ出ないか？　……瀬戸内も、な」

太一が自分達と、そして隅で小さくなって震えている瀬戸内に声をかけた。

□■□■□

伊織と瀬戸内は制服を着ておらず学校に行きづらかったので、近くで落ち着ける場所を探す。しばらくすると川沿いの遊歩道《ゆうほどう》にスペースを見つけた。ベンチや水道があって、散歩途中の人が休憩するのにちょうどよさそうなところだ。

「もう少し離れた方が……。公園とは別方向みたいだしいいか」と稲葉は呟《つぶや》いていた。

どうしてこんな事態になったのか、瀬戸内薫に事情を聞く流れになる。ベンチに瀬戸内を座らせ、それを文研部の五人が囲む。

稲葉が「テメエ洗いざらい全部吐いて貰うからなあああ!?」と脅しをかけていたが、そんなことなくても瀬戸内は全て話したと思う。瀬戸内は酷く疲れ切った表情をしていた。目の隈《くま》は酷いし茶色のロングヘアーもぼさぼさだ。

だいたい、伊織が予想していた通りの物語だった。

瀬戸内は一年三組でジャズバンド部の城山《しろやま》翔斗《しょうと》のことが好きだった。バレンタインデーに告白しようとするがそれもできず、そんなおりに伊織が城山の告白を無下に断ったと知り、怒りを覚えた。

それに伊織の挑発や態度の急変が加わり、次第に嫌がらせに発展し、更にその話を面白がった不良仲間にそそのかされ後に引けなくなった。

そして最後には、伊織への嫌がらせとジャズバンド部の……城山のためにもなるからと、男に頼んで部室を荒らすまでのことを引き起こしてしまった。

「……ごめんなさい」

全て白状し終えると、瀬戸内は弱々しい声で謝罪した。瀬戸内は今にも消えてしまいそうに小さくなっている。

「で、どうする？」

稲葉が伊織に尋ねた。まずはお前の意見を聞いてからだ、ということのようだ。

伊織は瀬戸内の真正面に立つ。

自分にも非はあるので一方的に責めようとは思えない。

でもそれにしたって、あまりにも酷い。

自分の好きな男をフったからって因縁をつけて、そして、最終的には関係のない人まで巻き込んで。稲葉なんて、頭を殴られまでしたのだ。それに、部活発表会用の資料は、取り返しのつかない状態になってしまった。

怒りと憎しみだけで、自分勝手に行動しやがって。

自身への被害は置いておくにしても、周りへ被害を及ぼしたことは許せない。

燃えたぎる怒りをぶつけ、コイツに死ぬほど後悔させてやりたい。口汚く罵《のの》って、怒鳴り散らして、同じだけの痛みを身にも心にも刻《きざ》みつけてやりたい。そんな、今までにないほどの怒りを感じる。

他の四人が、自分の行動を見守っている。

自分は、どうすべきだろうか。

理想の自分なら、仕方ないからと優しく許すのだろうか。

最悪の自分なら、怒りをそのままぶつけるのだろうか。

普通の人間なら、……普通の人間なら？

その時、また、稲葉が自分のために贈ってくれた言葉が蘇った。

——なんでどっちかなんだよっ！

でも普通とそれ以外ってあるじゃん。

——誰がどれだけの興味持ってお前のことを見てると思ってんだよこの自意識過剰っ。

でも普通から外れたら目立つじゃん。

——テメエの人生だろうがっ、勝手に好きなように生きとけっっっ！

でも普通……、

普通って、なに？

……ああ、やっとだ。本当にやっとだ。やばい、泣いてしまいそう。嬉しいから？　それもある。こんなことにも気づけなかったのがバカらしいから？　それもある。

くだらない基準に縛られていたのだ、自分は。

普通はこうするだろ、そんなことを、自分は常に考えていた。

だから、これは普通よりよい理想の形だろとか、これは普通より悪い形だろとかを考えてしまい、その上で自分の行動を決めるから、己の行動を選んでいるような――演じてしまっているような感覚に陥るのだ。

自分の人生を、思い返す。

母親が離婚して、初めて新しい父親を迎えた。酔うと暴力を振るうような男だった。

だから自分は、その男が好むいい子であろうとした。

そして再び離婚して、母親が再婚。

子供ながらに新しい父親と上手くやらなくちゃと思ったから、自分はその人にとってのいい子であろうとした。

そこからは、ずっとだ。

ずっと、ずっと、ずーっと。

誰に対しても、自分は、——いい子であろうとし続けていたのだ。

自分がバカみたいに悩んでいた大本《おおもと》の要因はそれだった。

そのいい子でいなければという感覚は、成長するにつれ、自分のいるコミュニティー に適合していく形で変化していった。つまりは周囲と比べるようになり、その論拠《ろんきょ》とな る基準を求めて、『普通』にこだわり出した。

普通より、悪くないように。

普通より、よく。

できれば、もっとよりよくなれるように。

いい子であろうと心がけなければ、自分はいい子に——みんなに求めて貰える子には なれないと思っていた。

ありのままじゃ自信を持てなくて、周りと比べて、『普通』という名の基準を見つけ て、自分のあるべき理想像を考えて。

気にしていない風を装って、実は他人の目を、気にしてばかりいたのだ。

稲葉に偉そうな口を利いた過去があるのに、自分も似たようなものだった。その方向 性は少し違うけれども、人を気にし過ぎなことに変わりはない。ああ恥ずかしい。

そんなもの、全然全くこの上なく、どうだっていいことなのに。

テメエの人生だろうが、勝手に好きなように生きとけ。

ええ、まさしくその通りです。

と、瀬戸内が少し怪訝《けげん》な表情で顔を覗き込んできている。

それで、自分が随分静止しっぱなしだったと気づく。すっかり今の状況のことを忘れていた。

……。

なんだか、あまりに晴れ晴れとした気分で、もう怒りがどこかに消え去っていた。

……どうしよう。でもなにかしないと場が収まりそうにない。

まあ、じゃあなにも考えずにノリでいきますか。

——そんなんでいいのか？

自分の中の常識や理性の部分が聞いてくる。

——それでいいのだ！

伊織は力強く答えてしがらみを弾き飛ばす。

「歯ぁ、食いしばれっっ！」

久しぶりに明るい声を出した。

瀬戸内も、太一も、稲葉も、唯も、青木も、みんな驚いているのがわかる。

あー、なんだろう。すげー楽しいんですけど。

おっと、でももちろん、これから自分がやることを楽しんでいる訳ではないが。

てゆーか自分テンション変わり過ぎ。こんなんだから感情の上下が激しいって、不安定だって言われる。でも、仕方ないじゃん。ここ最近は超絶暗い気分だったけど、今は超絶楽しい気分なのだから。文句あるか？

　永瀬伊織は、そんな人間なのです。

「食いしばった？」

「え……、え……？」

戸惑いながらも、瀬戸内が目を瞑《つむ》って唇をきゅっと結んだ。

「いくぞおおおおおおおらあああああ！」

思いっ切り、瀬戸内の顔面を、平手で、殴るっ！

手に衝撃。痛い。凄い痛い。同時に瀬戸内がベンチから転げ落ちて吹っ飛ぶ。ごろごろと転がる。

地面に倒れて、瀬戸内は動かなくなった。

ぴくりとも。

「……あ、あれ？　……やり過ぎ？」

「……おい、今のビンタじゃなくて掌打って感じだよな」「……完璧なストレート掌打だな」「……すんげー腰入ってた」「……脳しんとうになっててもおかしくないわね」

背後で他の四人が引いていた。ほ、本気でビンタなんてしたことないから加減がわからなかったんだって！　まだ手はじんじんするしっ。

あ、瀬戸内が少し動いた。

「だ、大丈夫!?　ごめんっ、完全にやり過ぎたっ！」

駆け寄り、瀬戸内の体を抱き起こす。

「うっ……痛っ……うう……」

左頬《ほお》を押さえ、瀬戸内は、泣きじゃくっていた。

そして、繰り返す。

「ごめん……ごめんなさい……ごめん……ごめん……」

逆ギレされたらどうしようって思っていたけれど、杞憂《きゆう》だった。

ちゃんと、自分が悪いって、この子はわかっている。申し訳ないって思っている。

ちゃんと、それは伝わった。

そこに、『感情伝導』みたいな異常な現象は要らない。

「ごめんね」

呟いて、伊織は、しゃがんだまま瀬戸内と目を合わす。

「ちなみに……今の一発は、わたし以外のみんなの一発だと思ってて。わたしの分はなしでいいよ」

「え？」と瀬戸内は驚いた表情をする。

「あはは、意外だった？　まあ、いいよ、っていうか、わたしも悪いところあるから、そっちに関してはお互い様ってこと。ってな訳で……わたしのことも許してくれる？」

あたしに許すもなにもないよ……あたしが悪いだけなのに……、と瀬戸内は涙声で呟き首を振る。

……そうだ。ここで言っておこう。今回の騒動で気づいたこと。

「わたしさ、瀬戸内さん見てて、もしかして、って思ったことあるんだけど」

髪を染めて、ピアスも付けて、不良っぽい生徒とよく連み、不良っぽく振る舞っている瀬戸内薫だけど。

「瀬戸内さん、……本当はいい子でしょ？」

え、と意味を理解しかねるように瀬戸内は固まる。

「なんで無理して不良ぶってんの？」

そう尋ねかけると、元から涙でいっぱいだった瞳から更に涙が押し出された。

「そ……れは……あたし……昔の好きな人が……それに合わせてっ……それで……」

もう、それだけでわかるよ、なんとなく。

相手に合わせて自分を変えて、それで、引っ込みがつかなくなったんだよね。

タイプは違うとはいえ、余計なしがらみに囚《とら》われ、本当になりたい自分になれないところは、二人共似たもの同士だった。

だから、似たもの同士の同族嫌悪で、妙な反発があったのかもしれない。

本当にやるべきはそんなことじゃないのに。

なりたい自分になれない、上手くやれない下手くそ同士、二人で手を取り合って、泥臭くボロボロになりながら前に進んでいけばよかったのに。一人だけでそんな風に頑張るのは、とても難しいことなのだから。

ていうか別に、今からだって間に合うか。自分の力で、間に合わそうか。

「ねえ、瀬戸内さんはどんな風になりたいの？　どんな風に生きたいの？」

「……え？　あの……」

「あ、いきなり抽象的過ぎだね。……うーんと、今わたしには瀬戸内さんが無理している……やりたくないことをしてるように見えるんだけど、本当はどうなりたい、どうしたいって思ってるのかって聞きたいんだ」

涙に濡れた顔のまま瀬戸内はまごついている。それにしても瀬戸内の面食らった顔をよく見る日だなあ、とどうでもいい感想を抱く。

でもなんか、きょとんとした表情が可愛《かわい》いのよ、この子。

「あたしは……。いや……あたしなんて……」

弱く震える声で囁《ささや》いて、瀬戸内はその先を言わずに顔を伏せる。

「わたしに言ってみんかいっ！　恥ずかしがらずに！　君なら言えるだろうに！」

とりあえず熱血キャラを発動させてみた。

「ふぇ⁉」

おお、やっぱええリアクションするのぉ、この子。

「……あ、あたしは……本当は……柄《がら》じゃないけどもっと一生懸命部活頑張ったり、生徒会とかもやったり、してみたいって……。それと……城山君と……」

いやあ、いい子だ。それに恋に生きる女の子だ。自分にはちょっと真似できないかも。

でもそれは、自分とは違う、瀬戸内薫の生き方だ。

「だったらそうしろよ！　なに上手くやれないからってうだうだ八つ当たりしてるんだよ！　なんか自分も似たようなもんなのに偉そうに言ってすいません！」

謝っておく。今のは自分に対する言葉でもあったからだ。独り芝居だ。

驚きのあまりか涙を止め呆然とする瀬戸内に、もう一声。

「あ、ついでにさ、瀬戸内さん。わたしと友達になってよ」

永瀬伊織は、そうしたかった。

似たもの同士、絶対に上手くやれるさ。

言い終えてから、立ち上がって振り返る。

稲葉姫子《ひめこ》が、桐山《きりやま》唯が、青木義文《よしふみ》が、そして……八重樫《やえがし》太一が、とびっきりの笑顔で自分を迎えてくれた。

ああもう、なんなんだよこいつら。

いい奴ら過ぎるだろ。

最高に最高過ぎる奴らだろ。

幸せ過ぎて泣きそうになるだろ。

なにを言うべきか。

どういう態度を取るべきか。

理想の自分なら、最低の自分なら、普通の人間なら、——そんなレッテル貼りにさようなら。

「どうもっ、永瀬伊織復活です！　迷惑かけまくってごめんなさいっ！」

必要だと思ったから、なによりそうしたいと感じたから、伊織は全力でその場に土下座した。

まあそういう訳で、色々あったけど、まだまだ後始末をつけなければならないことも多いけど、とりあえずこの騒動は決着を見る――


――はずだったのだけれど。


稲葉をさらった男の一人が偶然にもそこを通りかかるなんて。

男が廃工場にあった鉄の棒を持っているなんて。

完全に、油断していた。

男が奇声を上げながら稲葉に襲いかかった。

そこに、稲葉をかばおうと太一が割って入った。

がつんという嫌な音が、響いた。

九章

八重樫太一にとっての転換点

自分は今無意識の中にある、太一《たいち》は意識的にそう感じた。
矛盾《むじゅん》している。
どこか、安らぐような暖かい空間に自分はいる。
体は動かない——否、体を感じない。
感情だけがそこにある。
声が響いた。
その感覚は、『感情伝導《かんじょうでんどう》』に似ていた。

【わたし達は恋をしてたのかな?】
聞こえてきた声に、太一は返す。
【してた……と俺は思ってるよ。未熟《みじゅく》な恋だったけれど】
【そうだね。わたしもそう思う。……未熟者ですいませんでした】

【いえいえ、俺の方こそ、すいませんでした。でも、ありがとう】

【いえいえ、こちらこそ、ありがとうございます】

【俺は、ちゃんとお前を見てなかったよな。理想の姿ばっか追いかけて……】

【いや、そんなことは……あるのかな？】

【ある、よな……】

【でもっ、わたしはあなたが好きになってくれて凄《すご》く嬉《うれ》しかった。……本当だよ？】

【ああ……、ありがとう】

【わたしもあなたのこと、好きだった】

【だった、か】

【……昔の自分は、本当にあなたのことが好きだった。でもあの時の自分は、色んなことをわかっていなくて、色々間違っていて、そしてわたしは……変わった】

【変わったよな、確かに】

【元に戻ったって言い方になるのかもしれないけど、とにかく変わった。自分にとっては、劇的に。今回だけじゃなくて……色々なことがあったしね】

【うん】

【だから全部、一度リセットなんだ。……ごめん、勝手で】

【いや、俺もそこまで変わられたら、同じようにリセットだよ。でもお前が変わったことは、凄くいいことだと思う。後、勝手なのは、お互い様かな。正直俺も、もちろんお

前が好きだったけれど、正直……恋に酔《よ》ってるみたいなとこあったし】

【あ、それわかる】

【わかるよなっ！　だってさ……恋って、凄くね？】

【ヤバイよね！　なんか……なんか色々！】

【つーかさ、思ったんだけど、恋って勝手でいいんじゃないか？　そりゃ誠実でいた方がいいのは当たり前だけど、だからって義務感に囚《とら》われたり、相手の都合ばかり考えて自分が我慢しても……なあ？　……半分くらいある人の受け売りなんだけど】

【難しいね、恋って。……友達、すらもよくわかんないもんね。まあ、考えるものじゃないのかな、やっぱ】

【それすらも……まだわからん！】

【だよねー。まあ、誰《だれ》かに恋をして誰かに恋をして貰《もら》って、それを感じて考えて】

【一歩一歩、歩んでいく】

【……臭っ！】

【臭っとか言うなよ……】

【じゃああなたも、早いとこ一度誰かと付き合ってみなきゃだね】

【ああ、そうだな。それはお前も、同じことだよな】

【うん、でもそれがわたし達二人で、には……、……なんかならないよねー】

【俺も……そう思う。なんつーか、俺達……凄い恋してたもんな。違うかな？】

【いや、凄い恋だったと思うよ。未熟だったけど、本当に本物の、恋だったんだよ。だからすぐにやり直し……って感じにはならないんだよ】

【だよな】

【てかわたし達こっぱずかしい会話してるなー。絶対面と向かってじゃできてないよ。電話でも無理。今ここだから、できてるんだな】

【この状況……この現象に感謝、か】

【わたしは癪《しゃく》だからしないけどねっ！　おっと、もうそろそろ時間がない気が……ってなんでこんなことわかるんだ？　つーかこれなに？　わたし、確か最近全然寝られてなくて、もう限界だって仮眠取らせて貰って……それでどうなった？】

【……たぶん、気にしたら負けだと思う】

【……だね。じゃあ最後に一言！】

【俺からも一言】

【あなたに恋ができて、よかったよ】

【お前に恋ができて、よかったよ】


体の感覚が戻ってくる。

意識と体が一致していく。

目蓋《まぶた》に光、耳朶《じだ》にざわめき、鼻には独特の臭いと甘い匂い。

光に向かって、太一は手を伸ばす。
手を、伸ばす。

□■□■□

手を動かす。
右手が優しく温かな感触で包まれている。
自らの手を包むものを握り返す。
その感触を逃さないように、しっかりと握る。
視界が、開ける。
眩《まぶ》しさに目を細め、徐々にピントを合わせる。
視線の先には、目にいっぱい涙を溜めた——稲葉姫子《いなばひめこ》がいた。
「太一っ！　太一っ！」
身を乗り出し覆《おお》い被さるような格好《かっこう》になって、稲葉が呼びかけてくる。
太一はベッドの上で仰向けになっていた。
「……おはよう、稲葉」
涙が零れそうになっていたので、絡《から》み合っていた右手を放し、目元を拭《ぬぐ》ってあげた。
「よかった……よかったっ！　鉄の棒って言っても……細くて軽かったし……大丈夫だ

って信じてたけど……もしお前になにかあったらって……あったらって……」

泣くなよ、と言いつつ、太一は稲葉の頭を撫《な》でる。

どうなったんだっけ、と記憶の糸を辿《たど》る。確か……いきなり襲いかかってきた男がいて、稲葉を守ろうと間に入って、頭を殴られて、それで……気を失ったのか。

室内を見回し、ここが学校の保健室だと気づく。

病院に連れて行かれた訳でもない。今ここにいるのも稲葉だけだし、本当に大したことはないのだろう、おそらく。

すると太一の思考を悟《さと》ったのか、稲葉が説明してくれる。

「あ……、今他のみんなは、また奴らが来たらって外で見張ってたり、色んなところに連絡を取ったりで……」

「そっか」

永瀬《ながせ》は仮眠を取っているはずなのだが、隣のベッドは空だった。……ん、なんで自分は永瀬が仮眠していると……。……思い出した、妙な夢を見ていた。あれは、夢……？いや、夢であるけど確かに自分の意志があったから、紛れもない現実で、真実で——。

太一は上半身を起こす。稲葉は「まだ寝とけって！」と言うが、起き上がってもなんともなかった。頭を触るとガーゼがあてがわれている。圧力を加えると少し痛い。

「無理すんなよ……本当に……。もしお前になにかあったらアタシは……。しかもアタシのせいとか……」

また稲葉は泣きそうに顔を崩す。儚《はかな》くて、折れそうだ。守ってあげなければと、なによりも、守ってあげたいと思う。

「アタシには……お前が……お前が――」

【必要なんだ。絶対に。いないなんてあり得ない。好きだ。好きだ。好きだ。好きだ。好きだ。好きだ。大好きだ。大スキ。スキ】

稲葉からの『感情伝導』があった。伝わってくる、ひたむきな想い。溢《あふ》れて洪水《こうずい》になっている。飲み込まれる、体を丸ごとさらわれる。

「待てっ……違う……。いや……、違わないけどっ……聞かないで……」

稲葉は首を振りながら顔を覆う。指の隙間から見える頰《ほお》は一瞬にして赤くなっていた。

【大好き。スキスキ。好き。すき。スキ。好きになって。好きにして。好き】

稲葉の『好き』に包まれる。暖かい。心地よい。幸せだ。愛《いと》しい。恋しい。安らぐ。こんなにも、誰かに必要として貰えることなんて、あるのだろうか。

疑ってしまいたくなるくらいに、必要とされていて――そして自分も。

この気持ちに報《むく》いたい。その気持ちもある。それは否定しない。でもそれだけじゃない。自分だって、稲葉が必要だ。

たくさんのことを教えてくれる稲葉。大切なことに気づかせてくれる稲葉。自己犠牲野郎だと指摘《してき》してくれたのも稲葉。そんな自分を一番心配してやり過ぎないようにしてくれる稲葉。色んな第一歩を後押ししてくれた稲葉。自分の問題に一緒に頭を悩ませてくれる稲葉。自分という人間に価値があるのだと誰よりも一生懸命に伝えてくれる稲葉。

稲葉のおかげで、今自分は、ここにいることができる。

足りないところが補い合えて。

自分達二人の力が合わされば、色々なことができて。

こんなにあっさりでいいのだろうかと思った。

完全に終わったとはいえ、自分はずっと別の人と恋をしていたのだ。

でも自分の心に、素直に耳を傾《かたむ》ければ。

そして相手も、それを求めてくれているのならば。

これまでだってずっと待っていてくれたのだ。結論が見えているのに、これからまた落ち着くまで待たせるなんてさせたくなかった。

今度はもっと、地に足の着いた恋愛を、したい。

しようと、思う。

太一は言う。

「俺達……付き合おうか」

案外すんなり口にできた。

稲葉は完全に表情を失って凍りつく。

……数十秒じゃきかないくらい、固まっていた。

「ああ…………ええええええええええ!?」

やっと声を出し顔に色を戻したかと思うと、今度は頬を真っ赤に染めて酷《ひど》く慌て出す。

わたわた、ばたばたと手足を振り回し、ぼすんぼすんと意味もなくベッドを叩き、それからせっせと元々綺麗な黒髪に手櫛《てぐし》をいれて整え始める。

「か、可愛《かわい》いか？」

なぜかそんな質問をしてくる。相当混乱しているようだ。

「うん、可愛いよ」

太一はさらりと返す。起き抜けの気分であるためか羞恥心《しゅうちしん》がぶっ飛んでいた。

「そ、そうか……。……じゃねえええ!?　なに聞いてるんだよアタシ!?」

ブンブンと首を振り、それから稲葉はぴたっと足をくっつけ、両手を膝の上に置き、椅子《いす》の上にちんまくお行儀《ぎょうぎ》よく座った。

「え……あ……その……嘘《うそ》……は……あの……でも……」

真っ赤な顔のまま俯《うつむ》いて、必死に言葉を紡《つむ》ごうとするがなかなか叶わなくて、凄く凄く時間がかかって、でもずっと黙って見守っていてあげると、やがて稲葉は顔を上げて太一の目を真っ直ぐに見た。

そして太一からの申し出に対して一言。

「………………………………はい」

終章

永瀬伊織にとっての新章

〈ふうせんかずら〉は突然永瀬《ながせ》伊織《いおり》の前に現れた。

後藤《ごとう》龍善《りゅうぜん》に乗り移った姿で、伊織が単独でいるところにだ。青木《あおき》と唯《ゆい》の場合と同じパターンだった。

なんの用かと身構えていると「もう終わろうかと思います……。なんとなく……終わりのお知らせは永瀬さんに言うのがよいかと……」と告げてきた。

恐怖よりも嫌悪を感じた。むしろ、ぶん殴ってやりたかった。

それにしても終わりのお知らせを自分にとは……、まるで、最初から最後まで全部見ていたぞと宣告せんばかりだ。

「てゆーか、今になって気づいたんだけど。わたしが気分どん底の時やたらと相手に酷《ひど》いことを『感情伝導《かんじょうでんどう》』したのって、わたしが色々考えちゃう選択肢の中で、一番酷いヤツを伝えちゃってたって話じゃないの？」

ちょっと酷過ぎるぞとは思っていたのだ。だから余計に、自分は酷い人間なのだと勘《かん》違《ちが》いした。まあ実際に、その最悪の方向に傾《かたむ》いてはいたのだが。

「いえ……それは永瀬さんご自身で……判断することじゃないんですかねぇ……」

はいはい、そーですか。べー、だ。

「ああ……まあこれで……、一つの区切りには辿《たど》り着いたような気もしますねぇ……。

……違うかな？」

知らないって。

「そろそろ……次の段階ですかねぇ……」

「次って……」

不吉だ。不吉過ぎるワードだ。

「ああ……にしてまさか皆さんとこんな風になるとは……面白いとは思ってましたけど流石《さすが》に想定外で……。……僕って変わり者なんですかねぇ……やっぱり。だからあいつみたいなのに介入されて……」

〈ふうせんかずら〉は自らを変わり者かもしれないと感じている……らしい。その感覚は、超常じみている存在のクセに、とても人間臭かった。もしかして自分達は、〈ふうせんかずら〉から読み取れるはずの大切ななにかを見落としているのか。

というか、さっきまでは麻痺《まひ》していたがいい加減……恐くなってきた。慣れてきても一人はキツイ。

「じゃあそろそろ……僕はこれで……」と言って〈ふうせんかずら〉はその場から歩き

出す。

思えば〈ふうせんかずら〉は後藤の体に乗り移っているだけなのだから、その場で後藤の意識を元に戻せば、それだけでもいいはずだ。なのに〈ふうせんかずら〉はあまりそうしない。その理由は？　何度も記憶に断絶ができ覚えもない場所にいれば、流石の後藤も怪しいと思い始めるからか。それだけじゃない気もする。勘だけど。

〈ふうせんかずら〉も、初めと比べて変わっていると感じるのは、自分だけだろうか。

「ねえ、あんたとわたし達の関係っていつ終わるの？」

どうせ答えないだろうと思ったので、伊織は独り言のつもりで囁《ささや》いた。

しかしなんの気まぐれか、それとも本当に変わったからか、そいつは振り返ったのだ。

「それは当然……わかりませんよねぇ……」

ちゃんとした答えがくるのかと一瞬期待したのに、肩すかしを食らった。

でしょうね、と伊織は心の中で呟《つぶや》く。相変わらず曖昧《あいまい》に濁《にご》すばかりで、なにも断言しようとしない。

結局、それは変わらずか……と思ったら、だ。

やはりなにかは、変わっていたのか。

「ああ……でもまあ——」

□■□■□

月曜日、瀬戸内薫《せとうちかおる》は茶色のロングヘアーから黒髪ショートという大変貌《だいへんぼう》を遂げて登校した。初めは「誰《だれ》だこいつ？」と瀬戸内に気がつかないクラスメイトさえいたほどだ。

なんの前触れもなかったため、クラス中ちょっとした騒ぎになった。

瀬戸内の友人達も戸惑って話しかけないでいた中、伊織がその瀬戸内に声をかける。

「ピアスは、つけたままなんだね」

「まあ、気に入ってるからね」

「てゆーか薫ちゃん……清楚系《せいそけい》の方がかなり可愛《かわい》くない!?」

「今まで可愛くないと思ってたみたいな言い方だね伊織!?」

自分と瀬戸……薫は、友達になった。

しばらくきゃっきゃやっていると、友達の中山真理子《なかやままりこ》が近づいて来た。

「なになになにこの状況～！　詳しく聞かせてよ伊織～！」

酷い態度も取ったのに、笑顔で抱きついてきてくれる。

本当に、自分はいい友達に恵まれている。なんて幸せ者なんだ。

これから色々な人に謝って、色々説明しなきゃいけないと思っていたけど、結構なんとかなりそうだ。

「私の読み通りね……。流石は一年三組の子供達、よく頑張ったわ」

なにやら上から目線で学級委員長、藤島麻衣子《ふじしままいこ》は呟いていた。……それと気のせいかもしれないが、しばらく鳴りを潜めていた藤島からのぞわぞわする視線が復活したような……していないような。


土曜日曜は騒動のせいもあって作業をほとんど進められなかったので、文研部《ぶんけんぶ》は月曜日から突貫《とっかん》で部活発表会の作業を行った。今までサボりにサボった分、伊織も自分の精一杯で頑張った。本人からの申し出で、瀬戸内薫も手伝いをしてくれた。

発表会当日に用意できた資料は、以前作り上げたものに比べれば、お世辞《せじ》にも優れているとは言えなかった。

けれど、きっちりとした調査に裏付けられた発表内容そのもの、それから繰り返しの練習で会得《えとく》したプレゼン術、それに加えて稲葉《いなば》が『お前にはこれくらいやって貰《もら》わねえとなぁ』と提案してきたパフォーマンスもあり、発表会は大成功だった。

ちなみに稲葉の提案したパフォーマンスとは……紹介する内容に合わせた『永瀬伊織の早着替えコスプレショー』だった。

ああ……今思い出しても恥ずかしい。

メイド服、チャイナドレス、プロレスのコスチューム（「ていうか派手なビキニじゃん！」by観客の男子生徒）。

まあ本番はノリノリだったけどね！　ていうかただのヤケクソだったけどね！

そんなある意味伝説となるかもしれない（悪《あ》しき伝統にもなるかもしれない）発表をやってのけたことで、かなりの高得点を獲得すると共に職員室でも話題になったらしい。

当然、後藤の耳にも入った訳だ。すると後藤はこんなことを言い出した。

「お前ら……ていうか特に永瀬すげえ頑張ったらしいな。しかもジャズバンド部の奴らも……、ああ、こっちは俺も見たんだけどさ、今までで最高の演奏《えんそう》だったよ。ありゃ相当練習したな。俺はガラにもなく……お前ら二つの部の頑張りに感動した！　後、どうしても顧問《こもん》をやって貰いたいって生徒同士に争われる俺の人気にも感動した！　ってことで俺も情に絆《ほだ》されて、どうにかして二つとも顧問をしてやれないかと考えた訳だ」

とても、感動的でいい話だった。

……ここまでは。

「で、考えてみたんだけどさ、決まりがあるから顧問は一つしかできなくなるけど、別に行動が制限される訳でもないんだよな。ってことなら、文研部の顧問をやって、それで空いた時間があればジャズバンド部の練習を見てやるってことにすれば現状維持できる事実に気づいた訳だ。……ふっ、どうだ。二つの内どちらかしかできないという固定《こてい》観念《かんねん》に新たな角度でメスを入れ、全く別の解決案を導き出してしまう俺はもう天才としか思えな……いだだだ、い、痛いんですけど稲葉さん⁉」

「初めからそうできるんならそうやっとけこのクソアホンダラっっっ！」

稲葉がスタンド状態で腕を極めていた。

前から気になっていたのだが稲葉はどこで技を習得しているのだろう。今度聞いてみよう。

後、稲葉に暴行を加え、さらった男達に関しては、もうなんの心配もなくなっていた。稲葉が先に仕掛けたことと、こちらも思いっ切り物理攻撃を加えたこともあり、警察に突き出す真似はしなかったが、稲葉が廃工場で撮った写真と藤島の父親経由で国家権力をちょっぴり利用して、なにやら工作したらしい。

とにかく、あの男達が悪さをすることは二度とないだろうという話だ。

……二人でひそひそ相談する稲葉と藤島があまりにもどす黒い表情をしていたので、恐ろしくて詳細は聞けていない。

それから、太一《たいち》と稲葉が付き合い始めた。

唯と青木は驚きながらも祝福《しゅくふく》し、自分も同じように祝福した。

「……本当によかったのか？」と自信なさげな稲葉に訊《き》かれたが、心の底から「わたしと太一の恋は終わってるんだから、気にしなくていいんだよ」と答えられた。

稲葉が太一を尻に敷きながらも仲のよい、微笑《ほほえ》ましいカップルになる……と思っていたら、案外稲葉がデレデレなのを隠そうとしなかった。

デレデレで、最早『稲葉ん』ではなく『デレばん』状態だった。

新学期までにはマシになっているだろうか。

……このままだとちょっとうざいぞ。


しかし自分の人生には色んなことがある。

色々、あり過ぎる。

自分で言うのもなんだが、少々ドラマチック過ぎるんじゃないだろうか。

将来、自分の体験を本にでもまとめてやろうかと、半分冗談、半分本気で考える。

けれどそんな出来事のおかげで、自分がたくさん学べているのも事実だ。

今回だって自分は、人生で本当に大切なことに気づけた。

それを知らなければ人生の大半損してしまうぞ、ってくらい重要なことだ。

あまりにも単純で当たり前の話だから、どうしてそんなものに気づけていなかったんだよと、人によっては言うかもしれない。

でも、本当に大切なことを上っ面の言葉だけではなく、『本当の意味で理解する』のはなかなかに大変で難しいことなのだ。

自分の生きたいように、勝手に好きに生きること。

それはとても大切なこと。でもこの言葉だって理解が難しい。

当然だが自分がそうしたいからって、好き放題なんでもやればいいって訳じゃない。

冷静に周りを見て考えなければならない時もあるはず——例えば拉致《らち》された稲葉を助ける時の太一や自分。

人に迷惑をかけてはいけないはず——例えば暴走してしまった瀬戸内や自分。

どちらも絶対に必要なものだけど、やり過ぎてしまうと本来の目的を見失う。

どこまで感情任せにならず考えるか？　どこまで人の都合を考えるか？

たぶんその正解は、一生かかっても見つからない。

ずっと悩みながら、少しでも正解に近づこうとするしかない性質のものだ。下手くそな奴は尚更《なおさら》、諦めないで泥臭くボロボロになりながらも頑張らないといけない。

たぶん今自分は、物心がついてから初めて、自分に素直になるという意味を知った。

なにもなくて、自然体でその意味を悟れている人間は凄く羨《うらや》ましいし、素晴らしいと思う。

自分みたいな、変に考えてしまう人間は、ちょっと遠回りが必要だ。

でもたとえ遠回りが必要でも、できないなんてことはない。

絶対絶対できることだ。

もう自分は知っている。

そしてそんな永瀬伊織は、次になにをすべきだろうか。

やはり、恋、だろうか。

恋とは素晴らしいものである。

それは自分の大切な初恋の人が教えてくれた。

感謝してもし切れない。ありがとう。

さあ、人生で最も濃かったであろう高校一年生が終わる。

いや、ここが人生のピークと断ずるには早過ぎる。

人生はまだまだ先が長い。なにがあるかわからない。

今の出来事が、些細なことだと感じられるほどの事件があるかもしれない。

だって一つ学年が上がって二年生になるだけで、新たな出会いがたくさんあるのだ。

クラス替えがあって、新入生が入ってくる。

文《ぶん》化《か》研《けん》究部《きゅうぶ》に、新入生は入部してくれるのだろうか。……バカみたいな存在に目をつけられているから、そこらへんの事情とも相談しなければいけないが。

でもできるなら、少なくていいので部活の後輩ができて、楽しくやれたらいいと思う。

楽しくやれたら、大抵のことはオールオッケーだ。

自分はまだまだ未熟者で、今回も、本当に色々な人に迷惑をかけた。そして本当に色々な人に助けて貰った。

いつか周りの人が困っている時、自分が助けてあげることで、お返しをしたいものだ。

助け、助けられ、これからも生きていこう。

自分の道を信じて歩いて行こう。

その自分の歩いた道こそが、自分になるのだ。

本当の自分を見つけるとは、自分を信じることなんだ。
道中でくじけそうになっても大丈夫。
その時はきっと、自分のすぐ近くにいる人が助けてくれるから。
全力前進。
今日も目いっぱい人生を楽しんでいきましょう！

ああ、そういえば。
あの〈ふうせんかずら〉が言っていたことは真実なのだろうか。
——大丈夫ですよ……もう……終わりへの道筋は見えてますから……。

なんて。

ココロコネクト　ミチランダム　了

あとがき

本書を手に取って頂き、誠《まこと》にありがとうございます。

『ココロコネクト コネクト ミチランダム』は、一巻目『ココロコネクト ヒトランダム』、一巻目『ココロコネクト キズランダム』、二巻目『ココロ キズランダム』、三巻目『ココロコネクト カコランダム』に続く、『ココロコネクト』シリーズ第四巻となっております。

ということで、「著者自《みずか》ら公式略《りゃく》称《しょう》を発表したのに浸透《しんとう》しないだと……」でお馴染《なじ》みの庵田定夏《あんださだなつ》です。

ココロコ！

気づけばシリーズも四巻目です。本当に皆様の応援に感謝感謝の毎日です。ご期待に添えるよう頑張っていきますので、これからもよろしくお願いします！

ココロコ！

そんな『ココロコネクト』はメディアミックスが進行中です。まず前巻でも宣伝《せんでん》させて頂きましたが、ファミ通コミッククリアにて『ココロコネクト』の漫画《まんが》が連載《れんさい》中です。ウェブにて無料でご覧頂けますので是非《ぜひ》一度チェックしてみてください。CUTEG先生の描く『ココロコネクト』キャラ達の可愛《かわい》さに惚《ほ》れること請け合いですよ！

更に『ココロコネクト』はドラマCDにもなっちゃいます！　オリジナル書き下ろし

脚本《きゃくほん》（志茂文彦《しもふみひこ》氏に書いて頂きました。私もちょっぴりお手伝いしております）＋豪華《ごうか》声優陣《せいゆうじん》の皆様のおかげで、素晴《すば》らしい出来に仕上がっております。二〇一一年の二月一六日発売予定ですので、是非是非お聴きくださいませ！

ついで、と言ってはなんですが少し予告をさせて頂くと、次巻は短編集になりそうです。過去のお話だけでなく、時系列の進んだお話も収録《しゅうろく》予定なのでお見逃しなく！

……なんだか宣伝ばかりですいません。ページ数の関係上、あとがきらしいことも書けず……。うーん、無駄《むだ》なものは一切書いていないんですけどね。

ココロコ！

謝辞《しゃじ》です！　前巻から応援してくださっている読者の皆様、本当にありがとうございます。皆様がいなければ本書は存在しておりません。それからファンレターをくださった方、個別にお返事はできていませんが大変励《はげ》みになっております。ありがとう。

続きまして担当様をはじめ本書が出版されるまでに関わってくださった全ての皆様、ありがとうございます。本当は一人一人にお礼申し上げたいくらい感謝しております。

そして白身魚《しろみざかな》様。毎巻毎巻キャラ達が可愛過ぎます！　イラスト負けしないよう私も精一杯《せいいっぱい》やらせて頂きますので、これからもよろしくお願いいたします。

では最後に、改めまして本書を手に取ってくださった読者の皆様へ最大限の感謝を。

二〇一〇年一二月　庵田定夏

お疲れ様でした!
ふんっ
伊織は
なかなかのトラブル
メーカーですね。(笑)

■ご意見、ご感想をお寄せください。

ファンレターの宛て先
〒102-8431 東京都千代田区三番町6-1
株式会社エンターブレイン ファミ通文庫編集部
庵田定夏　先生
白身魚　先生

■ファミ通文庫の最新情報はこちらで。

FBonline
http://www.enterbrain.co.jp/fb/

■本書の内容・不良交換についてのお問い合わせ。

エンターブレイン カスタマーサポート **0570-060-555**
(受付時間 土日祝日を除く 12:00〜17:00)
メールアドレス：**support@ml.enterbrain.co.jp**

ファミ通文庫

ココロコネクト ミチランダム

二〇一一年二月一〇日　初版発行

著者　庵《あん》田《だ》定《さだ》夏《なつ》
発行人　浜村弘一
編集人　森 好正
発行所　株式会社エンターブレイン
〒一〇二-八四三一　東京都千代田区三番町六-一
電話　〇五七〇-〇六〇-五五五（代表）
発売元　株式会社角川グループパブリッシング
〒一〇二-八一七七　東京都千代田区富士見二-一三-三
編集　ファミ通文庫編集部
担当　宿谷舞衣子
デザイン　アフターグロウ
写植・製版　株式会社オノ・エーワン
印刷　凸版印刷株式会社

定価はカバーに表示してあります。

あ12
1-4
999

©Sadanatsu Anda Printed in Japan 2011
ISBN978-4-04-727030-5